文豪たちと一緒に昔の東京を漫歩

和日本文豪
一起漫游老东京

◎

〔日〕永井荷风 著

杨明绮 译

外语教学与研究出版社
北京

文豪たちと一緒に昔の東京を漫歩

目录

◎ 写在前面

◎ 辑一·随笔　　逍遥漫步，大隐于市

游荡老东京——日本文学巨匠笔下的慢活物语

王文萱

写
在
前
面

　　"散步"类型的电视节目，近年来在日本颇为流行。几位外景主持人或来宾，漫无目的地在某个区域散步，大众化一点的，是探寻当地不为人知的美食或店铺，更深入一点的，则是由无意间所见的地形或遗迹开始，进而探究当地的历史、地理、文化。虽然散步蔚然成风是近期的事，但若要说到日本散步界的先驱，那便非永井荷风（1879—1959）莫属了。

　　荷风除了写小说，还留下了许多散步纪实文章。他的散步随笔，不特意书写美景或名胜，写的是他随心所欲漫步时的所见所闻，内容尽是近代化都市中的断壁残垣、市井陋巷、私娼、女侍、舞女等等。他的书写方式宛如摊开城市地图、拿着放大镜窥看一般，将他当下眼界所及的每个角落，毫不遗漏地一网打尽。

钟情江户、憧憬法国

　　1879 年（明治十二年），荷风生于东京小石川区（现今的东京都文京区）。父亲久一郎是留美精英，同时也是汉诗诗人，出任官职，因此荷风自小不愁吃穿，学日本画、汉学、书法，又受喜爱戏剧的母亲影响，熟悉歌舞伎及日本传统音乐。少年时期他沉溺于江户时代的戏作文学（指江户时代的通俗小说）、传奇小说，书读得差强人意，尤钟情于文学写作。其后甚至修习法文，醉心于法国自然主义代表作家左拉（1840—1902）的作品，这也大大影响了他的写作风格。

二十四岁（1903 年）时父亲安排他赴美工作进修，他却一心惦着法国，总算于 1907 年在父亲安排之下实现愿望，在法国停留了十个月。几年的欧美经验，他当然没正经地工作，却开拓了视野，持续写作，回国后甚至被推荐到庆应义塾大学（又称庆应大学）讲授法国文学。这一时期他还创办了文艺杂志《三田文学》[1]，并于 1914 年（大正三年）起在上面连载《日和下驮》[2]，约一年后结集成书。"下驮"指的是"木屐"，荷风外出时，总是喜爱带着一把黑伞，脚踩着木屐，随兴之所至游走四方。《日和下驮》正是他在东京这个高速迈向近代化的都市当中，探寻昔时江户时代风貌的散步随笔，此时正值日本大正时代（1912—1926）初期。

1　《三田文学》是以庆应大学文学系为中心所办的文艺杂志，创刊于 1910 年，是日本重要的唯美主义文学杂志。（本书注释如无特殊说明，均为译注。）

2　《日和下驮》又译作《晴日木屐》。——编者注

从《日和下驮》到《断肠亭日乘》

荷风在《日和下驮》当中，表明了自己有多么喜爱散步，而这份兴趣，从他年少时代就开始了。荷风十三四岁时，由于家里短暂搬迁，当时没有电车，必须走上一段路上下学。他却不觉得累，总是特意改变路径或是绕远路，不为探访名胜，单纯只为了享受散步乐趣，陶醉在眼前景物里。执笔此书时他正值壮年，至于他为什么执着于在近代都市东京追求江户风貌，这就不得不提到1910年（明治四十三年）发生的"大逆事件"了。

1910到1911年，政府以社会活动家幸德秋水等人计划暗杀明治天皇为由，逮捕、起诉全国的社会活动人士及无政府主义者，最后多人被判死刑。此事件直到后世才被研究者们翻案，他们认为有一部分罪名是政府捏造的。荷风当时对政府极为灰心，他在《花火》（1919）一文当中表示，高官们一面求取西化，另一面却迫害市民，他没有勇气弹劾政府，只得当个"戏作文学"的作家。大逆事件发生后，对政府心灰意懒的荷风，不断在东京追寻着昔日江户时代的影子，或写怀古之情，或写花柳风情，退而当一名隐于市的观察家。

于私，荷风也过得糜烂且逍遥。他原本就喜出入花街柳巷，1912年奉父命娶妻，来年父亲病逝后便离婚。一年后更娶了名为"八重次"的艺伎，甚至因此与亲戚断绝关系，但不到一年就又离了婚。

之后虽然未曾再婚，但身旁从不缺少少女性，其中大部分是艺伎、私娼等等。1916年（大正五年）他辞去庆应大学的教职，1917年（大正六年）开始写作《断肠亭日乘》。这本日记他足足写了四十多年，一直持续到他去世前一天。1920年（大正九年），他搬进了位于麻布区的新居"偏奇馆"，过着独居自在的创作生活。

创作巅峰至晚年孤寂

荷风在文学上的成果越来越丰硕，描写的对象也由艺伎转向私娼、女侍等。随着时间越来越有余裕，他更热爱四处散步游走，发表更多的观察纪实文章，并且于1937年（昭和十二年）发表的小说《濹东绮谭》[1]中，描写了位于现今东京都墨田区的私娼街"玉之井"。他还尝试书写歌剧剧本《葛饰情话》，并于1938年（昭和十三年）于浅草歌剧馆上演，由于该剧在日本人创作的歌剧作品中属于先驱之作，因此引起很大反响。其后，因战争愈演愈烈，他的生活受到很大影响。

二战的东京大空袭，让荷风失去了偏奇馆以及许多藏书。颠沛流离、四处寄居避难的生活，让他的身体及精神状况逐渐恶化。1948年（昭和二十三年），荷风搬入位于现今千叶县市川市东菅野的家，

---

1 《濹东绮谭》中的"濹"是永井荷风杜撰的字，专指隅田川。

此后他身心总算安定下来，继续漫步城市并且创作。

1952 年（昭和二十七年），七十三岁的荷风获得日本政府颁发的"文化勋章"，他的创作、对江户文学的研究，以及翻译外国文学的贡献受到了认可。随后日本艺术院（这是向功绩显著的艺术家们提供优厚待遇的荣誉机构）还推选他为会员。1957 年（昭和三十二年）他搬迁到最后的居住地市川市八幡，1959 年（昭和三十四年），不到八十岁的荷风因胃溃疡引发吐血，窒息身亡。

随心之所欲，漫步在世间

据说，荷风的遗体被发现时，身旁有个提包，里面装着土地产权证、存折，以及文化勋章等所有财物，总价值换算成现今的日元，可达数亿。晚年的荷风过得简单且孤寂，他并非无财可用，而是如同他在《日和下驮》中所说的："我并没有任何应尽的义务或责任，如同隐居之身。经我多方考虑，能够日复一日不在世间露脸、不花费金钱、不需要有人相伴，又能随心之所欲悠哉度日的方法之一，便是在市中漫步。"

荷风生为富家子弟，死后又留下亿万资产。自小不愁吃穿的环境支撑了他的写作，他不为物质所束缚，终究愿做个局外人，当个观察者，一辈子随心之所欲，漫步在世间。

街景不断变化的银座、充满庶民人情的浅草、曾以烟花柳巷著称的玉之井……荷风翔实地记载了这些地方曾有的样貌，数十年、百年后的今日，踏上这些土地的旅人们，又是否能通过荷风的文章，在繁华的现代东京，感受到昔日风情呢？

◎ 作者介绍

王文萱，网络笔名 Doco。京都大学博士，研究方向为日本大正时代画家竹久梦二，译作二十余本。日本传统文化推广组织"日本传统文化"负责人、全日本和服顾问协会会员、日本装道礼法和服学院礼法讲师、日本生田流筝曲正派邦乐会准教师、日本茶顾问，著有《京都烂漫》（2013）。

随笔
逍遥漫步，大隐于市

◎

一緒に昔の東京を漫歩しましょう

银座

每每前往有乐座、帝国剧场与歌舞伎座观赏戏曲表演，之后我必定会顺道前往银座的啤酒屋歇脚，和同样赏完戏的友人针对演出内容唇枪舌剑、高谈阔论，丝毫不在意末班车的时间。

近一两年来，我因事频繁前往银座，不知不觉竟成为银座及其周遭环境的观察家。

唯一觉得遗憾的是，因为没和当前的政治家往来，所以没有一享松本楼[1]雅座的机会。但人生在世，难免需要交际应酬，所以我也曾穿着一身大礼服，顶着炎夏烈日，登上爬下帝国饭店、精养轩[2]与交询社[3]的楼梯。每每前往有乐座、帝国剧场与歌舞伎座观赏戏曲表演，之后我必定会顺道前往银座的啤酒屋歇脚，和同样赏完戏的友人针对演出内容唇枪舌剑、高谈阔论，丝毫不在意末班车的时间。在众所周知的银座大街上，有两家西洋乐器店专门贩卖于上野的东京音乐学校举行的演奏会门票。专门展出新美术品的艺廊"吾乐"位于八官町大街，贩卖杂志《三田文学》的书店则位于筑地本愿寺附近。三十间堀的河岸大街上有座供奉地藏菩萨的小庙，每逢庙会，尤其是将近深夜十二时，便能瞧见成群身穿华美浴衣的妇女出外买花的

1　松本楼是一家老字号的西餐厅，原楼于1971年被烧毁，后于1973年重建。——编者注

2　精养轩是位于上野公园的一家著名西餐厅，明治时期是社会名流的聚集场地，曾出现在夏目漱石和森鸥外的文学作品中。——编者注

3　交询社是1880年由福泽谕吉提倡创立的，日本第一个企业家的专属俱乐部。——编者注

场面。

　　每次和某位我所敬爱的下町俳人之子见面时，我都不禁想起藏前[1]那些拥有悠然的贵族气质、言谈如江户之子般洗练的士绅。这位友人的宅邸与团十郎[2]的广阔庭园毗邻。高耸的围墙和苍郁的树木让电车的声响犹如远处的暴风雨般，听起来低沉且邈远。此宅邸的茶室让我甘愿忍受双脚跪坐时的酸疼，一边聆听茶釜煮水的沸腾声，一边抑制自己对于现代人无礼行径的反感。

　　此处有一条僻静的后街，两侧的民宅将街道遮得严严实实，站在街上，连正前方巍峨的本愿寺的屋顶都望不见。此外，还有几条正经人士绝对不会知道的小巷。某个放晴的夏日夜晚，我曾于小巷的二楼栏杆旁，叫住打这儿经过的新内[3]艺人，欢喜地聆赏他随口唱的《醉月情话》。我还曾在梅花散落、春寒料峭的午后，掩上毛玻璃的窗门，在犹如傍晚时分般昏暗的屋内，听几位老艺伎合唱一中节[4]，从那失了光泽的古朴音调中，吟味着疲惫不堪的哀伤。

　　然而，自觉别人和我一样不幸的世界主义，促使我从大都会饭店摆放在餐厅窗台上的盆栽的缝隙间，往外望出去。我难以忘记那夜的河水、月夜下的小岛和船影，这一切在水汽迷蒙的温暖冬夜里，

　　1　藏前是地名，现位于东京都台东区浅草一带。

　　2　这里的团十郎应为第九代市川团十郎（1838—1903），活跃于明治时期的歌舞伎演员。

　　3　新内又称新内节，是一种日本说唱曲艺，属于净琉璃的一个流派。

　　4　一中节是净琉璃的一种，日本的传统曲艺。

显得尤为美丽。在一群以世界各地为家、愉快谈笑的外国人身旁，我寂寞地独酌一瓶基安蒂酒，追忆逐年淡忘的遥远国度的往事。

银座一带可以说新旧皆备，无所不有；一国的首善之区以其权势与财富搜集而来的物品，皆陈列于此。我们要买一顶流行的新帽，要买从遥远国度进口的葡萄酒，自然得来银座一趟。同时，若想在有乐座等飘散着"旧时"氛围的地方吟味过时的"老歌"，还是必须选择只有这一带才有的特殊场所。

我时常登上"天下堂"[1]的三楼屋顶，享受眺望都市景致的乐趣。我们既非"山崎洋服店"的裁缝，也不是"天赏堂"[2]店员，若想俯瞰银座一带的景致，登上"天下堂"的楼顶绝对是最简便的方法。在此处远眺，东京的街道看起来倒也不脏乱。十月晴空下，砖瓦屋顶犹如大海般一望无际，又圆又粗的电线杆杂乱矗立，虽然丑陋得令人瞠目，却也让人感受到东京终究是个大都市。

山手线电车横驶于民宅屋顶上方，不仅能远眺山手线铁轨另一边的霞关、日比谷、丸之内等地的美景，以及与芝公园的苍郁树林相对的品川湾，还能望见从眼下的汐留水道绵延至滨御殿的幽邃树林、白色城墙。随着四季的更迭，这里会呈现出百看不厌的美景。

1　天下堂是银座一家售卖家居用品、西式配饰和内衣百货的商店，因经营不善于大正七年倒闭。——编者注
2　天赏堂是银座老店，于1872年开业，现今仍在营业，主要出售钟表、珠宝首饰、模型等商品。——编者注

视线从远处的美景移回正下方的街景，有几条后街小巷与银座大街平行，笔直穿梭于屋顶齐高的民宅之间。家家户户都有的晒衣露台，看起来仿佛一排排的糖果盒。晾在露台上的红布与盆栽在阳光和煦、云淡风轻的午后，竟能在脏污的屋顶与墙壁之间，闪耀出惊人的鲜艳色彩。从露台进入屋内的拉门敞开时，我能清楚地窥见待在二楼客厅的人在做什么；女人露肩化妆的模样，或是她们站在狭窄厨房后门水井盖上冲凉的情景也随之映入眼帘。日本女人在外人看得见的地方冲凉，可以说是一件会让《菊子夫人》的作者[1]甚感惊喜的大事。这幅奇景就算不刻意登上"天下堂"的屋顶，也能在高台住宅区路旁屡屡撞见。若是进一步探究此事，就会发现这不过是日本民宅与民族性中一直以来都存在的问题。

　　任谁都能想象，我们的生活不久之后将会西化，尤其是趋于美国的都市风貌。然而，试着换个角度看这个问题，在东京的社会风貌即将发生翻天覆地的变化之际，那些爱说风凉话的观察家肯定会对在哪些方面、如何保存东京的旧时风貌甚感兴趣。以帝国剧场的建筑为例，建筑虽然呈现纯西洋风格，但不知不觉间，大理石廊柱的隐蔽处已逐渐滋生出旧剧场旁才有的发簪屋与小吃店，损及剧场的庄严格调。银座商店的改头换面、银座街道的铺设等变革，又该

1　《菊子夫人》的作者是皮埃尔·洛蒂（Pierre Loti, 1850—1923），本名朱利安·维奥，法国小说家和海军军官。著有《冰岛渔夫》《拉曼邱的恋爱》等。

如何让一身浴衣、绑兵儿带[1]出门纳凉的人，以及撑着唐伞[2]、足蹬高脚木屐的往来行人融入周遭街景呢？当我来到交询社的大厅时，发现描绘希腊时期人物的《神之森》壁画下方，有一些身穿五纹礼服的绅士与穿着西式燕尾服的绅士相对而坐，在围棋盘前对弈。棋子的碰撞声，响彻金箔天井高耸的大厅，还不时夹杂着从走廊对面房间传来的台球声。初次目睹这番光景，我的内心涌起一股难以言喻的奇妙感。为何会有如此奇妙的感觉，看来有必要深思一番。地道的江户料理店里，小包厢的天花板上不但垂挂着和印刷厂一样的白灯罩电灯，还有电风扇这种舶来品。简而言之，现代生活中一切既有的纯粹事物，无论来自东方还是西方，都必须相互磨合。据闻，不同种族的混血儿倘若没予以特别的管教，容易遗传到父母双方的性格缺点。现代日本人的生活正是如此。

银座一带堪称日本最贵的地方，但是这里奢华的饭店却令人深感讽刺：倘若你想品尝地道的西餐，便会发现这一带所有的西餐厅都无法满足你的需求。与横滨的饭店相比，银座的发展有着明显的差距，而横滨与印度等殖民地以及西方之间又有着登梯似的差异。

因此，有人说与其花钱吃帝国饭店的西餐，不如站在路边摊旁啃猪排。虽然失去了享用西餐的情趣，猪排却能和传统的天妇罗相互交融，形成一道新的美食。长崎蛋糕与香葱鸭胸荞麦面经由长崎传入日本，俨然成了日本料理，亦是食物相互融合的例子。

1　兵儿带指穿和服时，系于腰间的腰带。
2　唐伞是用纸和竹子制作的和风雨伞。

16

我一直认为人力车与牛肉锅是明治时期从西方传入，经过改良后最成功的两样东西。虽然我不敢说时至今日我们对于这两样东西绝对不会反感，但牛肉锅的绝妙之处就在于，在"锅"这个传统形式中加进"牛肉"这项新品。当初人力车传入日本时，造型小巧得犹如玩具，有种说不出来的滑稽感，仿佛从一开始就是为日本人的生活发明出来的。这两样东西都不是以原本的样子传入日本，也不是毫无意义的仿制品，发明者的苦心与创造力至少应该获得"发明"这个字眼所带有的赞美之意；换言之，它们是通过民族性的检验才流行开来的。

就此看来，我个人对于维新前后传入日本的西方文明还是相当敬佩的。德川幕府雇用法国士官来训练步兵时，步兵头戴出阵头盔，身穿窄袖的武士和服外套——这身服装远比今日的军服更适合上半身较长、双腿弯曲的日本人。论威仪风采，身穿西式军服的日本人怎么都比不上西方士兵，哪怕高官名将也显得逊色。因此，只有依照各种族的容貌、体格、习惯与行为举止，并配以苦心与勇气，才能打造出并非千篇一律的事物。我每次欣赏描绘上野战争的画作，都会赞叹画中军官佩戴的红白羽毛头盔真是美丽，并且联想到拿破仑帝国时期骑兵身穿的凛凛铠甲。

离开银座大街，来到所谓的金春小巷，两旁均为现在看来已经相当老旧的砖瓦长屋[1]。这不禁让我回忆起了明治时代，即西洋文明初入之时。不用说，这些金春砖瓦屋都像土墙搭建的仓库般被刷上漆，瞧不见原有的砖瓦风貌。每户人家屋檐向外延伸的部分都以圆柱支撑，时至今日，这些圆柱和屋檐围成的拱门下方被家家户户恣意改造，堆满了杂物。想当初，建造砖瓦屋的建筑师应该是希望整排房子的高度一致，每户人家皆拥有半圆形的屋檐，看起来就像是意大利小城里沃利的美丽街景。面对着南国风情的圆柱与拱形屋檐，以及地道江户风情的格子拉门与御神灯，二三十年前的风流雅士肯定清楚地知道，如何才能造就如此不可思议的协调感。

明治初年既是一个审慎引进西欧文明，认真模仿西方绮丽精神的时代，也是一个脱离德川幕府压迫，保存江户艺术残花，觉醒后展现第二春的时代。剧坛方面的佼佼者有芝翫[2]、彦三郎[3]、田之助[4]等，文坛方面有默阿弥[5]、鲁文[6]、柳北[7]等雅士，画坛有名声响亮的

1　长屋是住宅群落的一种，一般都是平层建筑，常建在平民居住的狭窄的巷子里。——编者注

2　芝翫指第四代中村芝翫（1831—1899），又称"大芝翫"，著名歌舞伎演员。

3　彦三郎指第五代坂东彦三郎（1832—1877），明治初期活跃的歌舞伎演员。——编者注

4　田之助指第三代泽村田之助（1845—1878），著名歌舞伎演员。

5　河竹默阿弥（1816—1893），活跃于明治时代的歌舞伎剧本作家。

6　假名垣鲁文（1829—1894），本名野崎文藏，活跃于江户和明治时代，为日本文明开化时期著名小说家。

7　成岛柳北（1837—1884），江户幕府末期的文学家，明治时代相当活跃的记者。

晓斋[1]、芳年[2]引领风骚，相扑界则有前无古人后无来者的境川[3]与阵幕[4]，圆朝[5]之后再无与圆朝齐名的落语家。明治时代的吉原比往昔江户时代的更为繁华，金瓶大黑[6]的三大名妓传说成了人们茶余饭后的话题。

两国桥堪称不朽浮世绘的背景，柳桥则是不可动摇的传说。每当我着眼于香艳的寓意，回忆起这些地方时，总是想起堪比"第二个江户"的繁华的明治初期。当然，这番回忆比实际的景况更瑰丽、更精彩。

世界上还有哪个国家的时间比日本流逝得更快呢？有太多往事回想起来恍如隔世。我们把有乐座看成日本唯一的西式新剧场不过是这两三年的事。我们将新桥车站描写成人们相聚、分离、出发的场所，也仅仅是这四五年的事。

如今，日吉町有法国的春天百货，银座咖啡也即将在尾张町的某个街角开张。我还听闻在年轻文学家圈子里颇负盛名的鸿乃巢咖啡厅，也将于近期从小网町的河岸大街搬迁至银座附近。其实直到去年，

1　河锅晓斋（1831—1889），浮世绘画家。

2　月冈芳年（1839—1892），浮世绘画家。

3　境川浪右卫门（1841—1887），相扑力士，第十四代横纲（相扑力士资格的最高级）。

4　阵幕久五郎（1829—1903），相扑力士，第十二代横纲。

5　三游亭圆朝（1839—1900），落语表演艺术家。

6　大黑即吉原的"大黑屋"，名妓院，后来改名为"金瓶楼"。

银座都尚未出现像这样适合休憩的场所，所以我要是与人相约等候，或是散步累了想稍事歇息，抑或是纯粹想看看来往人潮，新桥车站的候车室则是最好的选择。

那时，银座一带已经有比如咖啡厅、喫茶店、啤酒屋等各种类型的餐饮店，还有读报所这种地方。然而，这些地方都不符合我的需求，因为依我的习惯，休憩一个钟头，和朋友好好闲聊的同时，必须得吃不少东西才行。好比在啤酒屋喝啤酒，喝一杯至多不过十五分钟，所以要在这种地方消费，就算喝不下去，一个钟头也要点上满满四杯，否则难以闲适久坐，只想匆匆离去。

相较之下，车站内的候车室反而最自由、最舒适，可以尽情聊天，无须介意任何事。这里没有头发脏臭、愣头愣脑的女服务生，也不必基于人情道义，非得点一杯啤酒或红茶，更没有拿出一元纸钞，还得等上五分钟才能拿到找零的无奈感，而且进出时间自由，没有限制。我的书斋位于高台地区，那里的沉静氛围不时地鞭策我要勤奋读书，早点写出精彩的文章，把艰涩难懂的书读完。这让我感到不安。每当此时，我就会带一本容易阅读的书，坐在候车室的大皮椅上。这里冬天有暖炉，晚上灯火通明，而且在这宽敞的空间中有来自各个阶层的男女，有时还能旁观到别人波澜人生的一个片段。亨利·波尔多[1]在某篇游记的序文中，描写有个男人将行李寄放在车站，投宿在听得到火车汽笛声的旅馆，每天都在车站里的小餐馆解

1　亨利·波尔多（1870—1963），法国小说家、律师。

决一日三餐。这样的他处于随时都会出发的境遇，又怀着旅人的心情置身于巴黎，彷徨于巴黎街头。我怔怔地坐在新桥车站候车室，听着急促的木屐撞地声与尖锐的汽笛声，也会生发出在外旅行般自由、寂寞，却不失愉悦的心情。忘了何时，上田敏教授曾对我说过，住在京都是一种旅行，投宿东京也是一种旅行，如此来来往往的旅程也能成就好心情。

每当自己身处生活百态的杂乱声响中，为了保有寂寞的心境，我总是希望能多一些坐在车站候车室的机会。有时，为了应付车站人员的询问，我还会买一张派不上用场的月台票或是前往品川的车票。

容我再强调一次，日本的十年相当于西方的一个世纪。三十间堀的河岸大街旁，往昔繁盛一时的船宿只剩下了两三家。每当我瞧见店头的气派拉门，就会想起母亲说过的如梦般的遥远往事。那时她还是个小姑娘，从这一带前往猿若町看戏时，都会准备盒饭，搭乘猪牙船，从眼前这条水道驶向另一条水道。我想起自己初次前往深川一带时，也是搭乘小蒸汽船，从汐留的石桥出发，而如今这一切成了只能回味的往事逸闻。

今后，银座与银座周边也会日复一日地不断改变吧。犹如盯着影片的孩子般，我想凝视不停变化的时事绘卷，直至眼睛酸疼。

明治四十四年（1911 年）七月

荷风与银座的缘分极深。《银座》这篇散文写于 1911 年（明治四十四年），此时他已从海外归国，担任教职，但其实早在 1900 年，二十岁出头的荷风就曾拜落语家为师，来到银座的歌舞伎座，在舞台旁边敲打过木板，也做过制造音效的工作。

1926 年，荷风开始频繁出入银座的新兴咖啡店 Café Tiger。大正初期店名里带有 Café 的，原本是仿照巴黎开设的社交场所。1923 年关东大地震之后，从前的银座逝去，新形态的 Café 陆续开业，请了许多美女招待，反倒让人觉得醉翁之意不在酒了：Café 成了风月场所。这当然吸引了荷风的注意，而这些女侍也成了他笔下许多小说的女主角。

对于银座的迅速变化，总是在都市中缅怀昔日风情的荷风并不排斥，反倒对银座的新旧融合抱持肯定的态度。依据《断肠亭日乘》的记录，荷风最后拜访银座是在 1958 年，也就是他去世前八个月。正如《银座》这篇散文最后所说的："今后，银座与银座周边也会日复一日地不断改变吧。犹如盯着影片的孩子般，我想凝视不停变化的时事绘卷，直至眼睛酸疼。"年轻时的剧作实习生、归国后的教授、Café 的常客，不同阶段的荷风带着不同的心境，探寻不断进化的银座，并且用他的笔为银座留下了不同时期、不同风貌的痕迹。

"轻知日"专栏：王文萱撰稿

寺岛之记

　　窗内的女人一听到脚步声，便喊道："等等，先生。"抑或
是喊着："等等，戴眼镜的大叔。"那一声"等等"的音调，听
起来十分奇妙。我二十岁时，在吉原的罗生门町、洲崎的红
灯区，还有浅草公园的隐秘处常常听闻如此奇妙的呼喊声，
现在竟一点都没变。

雷门虽说是门，却没有门。门于庆应元年（1865年）被烧毁后，并未重建。从没有门的门前，往吾妻桥方向稍微步行一段路，左侧路边立着公车站牌。浅草邮局前方拐入窄巷的街角，堪称人潮最拥挤的地方。

这里有从龟户、押上、玉之井、堀切、钟渊、四木，开往新宿、金町等地的公交车停靠。

我驻足片刻，发现开往玉之井的公交车有两种，一种是市营公交车，另一种是京成公交车，车子侧边均有标志。市营公交车车身为蓝色，京成则是黄色，两种都有随车女乘务员，戴着臂章，站在路边，频频用尖锐嗓音告知从雷门方向开来的公交车开往何处。

某日夜晚，或许是日头刚落时，我在女乘务员的引导下，搭上黄色车身的京成公交车。从路旁人潮拥挤的情况来看，原以为八成没位子可坐，不料车上才七八名乘客，公交车便发了车。

车上有两个看起来像是参加完活动，准备返家的女孩，还有一个头戴大檐帽的学生。一个男人身穿白色雨衣，貌似工人，另一个约莫四十来岁，一身碎白点花纹和服便装，蓄着八字胡，长相乡土味十足。有一个男子梳着犹如大丸髻的发型，另一个男子则是身穿方袖和服，貌似艺人。还有一个戴着眼镜，看起来像是医师的绅士，他身旁坐着一个和服领口有些脏污，披着半缠[1]，应该是产婆的妇人。总之，他们都是些从赤坂到麴町一带的电车上极少能见到的人物。

车子行经吾妻桥，驶进宽敞的新道路，与开往向岛的电车一前一后地往北拐，路过源森桥。道路两旁是成排的商店，就在我心想已过了源森川，来到以往常去的小梅一带时，乘务员告知下一站是须崎町，询问有无要下车的乘客。有人下车，却无人上车，车子突然从电车道左拐，又随即右拐，街道光景骤变，成了一条昏暗的街道，两旁皆是料理店、茶屋，不时传来木屐声与女人的谈笑声。

乘务员告知此站是弘福寺前时，梳着大丸髻的男子、身穿和服的男子和好几个人一起下了车。虽然我想瞧瞧刚竣工的弘福寺厅堂，无奈外头天色昏暗，只能瞧见茂密的矮树林。车子行驶到河川旁的堤防，终于停在像是公园入口的地方。我正想着这是哪里的河堤时，乘务员告知这站是大仓别邸前，这才明白已经过了长命寺。要是放在以往，可以俯瞰到须崎村的柳畠一带，然而柳畠一带像是别墅的气派家门已不复见，河堤上也无半株樱花。两旁是栉比鳞次的小房子，堤上架着木板桥，写着"日满食堂"的布帘随风飘摇，屋内灯火通明，外头却瞧不见行人的踪影。

车子来到小松岛的公车站，穿着雨衣的工人下车后，车内变得越发空荡。下一站应该是地藏阪，以往要去百花园和入金的人们会

<hr>

1　半缠是一种日式轻型宽松的棉外套。

从堤防的东侧下去，记得路旁立着两三尊石地藏，如今一瞧，立在那儿的是几根用来供奉的红白小旗子。看来就连时势之力也无法阻挡淫祠[1]的旺盛香火啊。

从树林缝隙间可以窥见位于前方右边的神社屋顶，左边则是映着摇曳灯火的黑暗河水，不待乘务员告知，我晓得车子已来到白髯桥边。原以为公交车会从桥边朝东南方的宽敞新路驶去，没想到车子并未拐至那里，而是下了河堤，驶进迂回狭窄的街巷。窄巷昏暗蜿蜒，穿梭于绵延并排的平房与小屋之间，但越往前行，灯火越来越密，街道两旁也从平房变成两层小楼，门面用混凝土打造的商店也越来越多，还能望见前方闪烁的霓虹灯。

我突然想起大正二三年（1913—1914），木造的白髯桥刚刚竣工，要收过桥费的时候。位于隅田川与中川之间的一大片水田和房舍被逐渐掩埋，建成了城镇，也是在那个时候。但当时尚未听闻玉之井这个城镇名。大正八九年（1919—1920），浅草公园北侧的深沟被填平，进行道路拓宽工程时那一带的民宅也遭到了拆除。当时凌云阁附近依然残存着几栋小房子，无奈在地震灾祸中被烧毁，一片议论声中，人们才把这个地方称为玉之井。

女乘务员突然高呼："下一站是邮局前，邮局前。"我倏地回神，张望四周，右边有一栋巍峨的灰色建筑物，左边则是一家立着"大菩萨岭"旗帜的电影院，两旁灯火通明的店里传来收音机的声音。

1　淫祠是指供奉歪门邪道之神的寺庙。

商店街上有挂着衬衫、围裙的杂货店，还有煎饼屋、玩具店、木屐店。似乎还有几家药店，灯光尤其明亮。

车子驶过电车通行的铁轨，乘务员高喊："剧场前！"我回头看着闪耀的灯火与彩旗。夹在广告牌之间的"向岛剧场"这几个金色大字闪耀生辉，这里也是一家电影院。剩下的两三名乘客皆在此下车，上车的则是两名四十来岁，揣着脏污的包袱，像是来自乡下的妇人。

车子随着女乘务员一声"开车"继续前行，行驶一会儿又停了。她一面喊"玉之井车库前"，一面用眼神向我示意。我询问这班车开往哪儿，付车费时，不害臊地拜托她让我在玉之井最热闹的地方下车。

我下了车，环顾四周，街道蜿蜒，不知要往哪儿走。食品店、杂货店中果然夹杂着不少家药店，还能瞧见木屐店与水果店。

左边有家演艺场，名为玉之井馆，外头立着两三面印有"浪花节"[1]字眼的旗帜，两侧立着成排写有"常夜灯"的街灯。斜坡彼端是挂着"南无妙法莲华经"红灯笼的堂院，还有座名为"满愿稻荷"的祠堂，从法华堂里传来阵阵的木鱼声。

另一头是车库，在不甚宽广的腹地一隅，立着几栋灯光昏暗的两层小楼，门口约莫六米的通道旁立着写有"可通行"的灯。

我不愿问路，跨过地面的几处积水，走过灯下，来到夹在房子

1　"浪花节"是一种以三味线伴奏的说唱曲艺形式，又称浪曲。

与白铁壁板之间宽约三米的巷弄。右手边无路可走，朝左手边走了十步左右，便来到一座架在约莫一两间房间宽的沟渠上的桥旁。

桥对面的左侧摆着上头写有"关东煮温酒东屋"字样的招牌灯，这是一家用苇帘围起来的居酒屋，从里面飘来烧烤干鱿鱼的香味。沟渠边立着作为围墙的板子与苇帘，还放了一排栽着常绿树、大叶黄杨之类的盆栽。

走访至此，尚未遇见任何人，木板围墙的另一头立着供奉的旗帜，往那边走，路突然岔为四个方向，四处都有一身西装、头戴呢帽的男人，还有穿着金扣制服的年轻男子走动，之所以没有想象中那么熙来攘往，或许是夜幕低垂的缘故。

往前走了约莫十步，来到一处岔路转角，我又瞧见上面写着"可通行"的灯，于是往那儿走。这次我一面走，一面回顾来时的路，因为放眼望去都是造型一样的民宅、巷弄，所以我也搞不清楚自己走的到底是哪一条。正觉得不知如何是好时，转身一瞧，又是同样的沟渠，摆放着一样的盆栽，但仔细看，我确定绝非同一条路。

巷弄两侧成排的两层楼民宅虽然外观有几分差异，但是凑近瞧，如果不看门牌号码，外观则大同小异，每一户都是在约莫三尺[1]的拉门旁，于适当的高度开了一扇一尺左右的四方窗子。所谓适当的高度，是指路过巷弄的男人视线与窗内女人映照在灯火下的脸保持着适度的距离。如果走近窗边，除非稍微弯身，否则不会瞧见女人的脸，

1　日本计量单位中，一尺约等于30.3厘米。

但是只要往前走，便能一眼看尽四五间屋内女人的红颜。这肯定是谁想出来的巧妙设计。

窗内的女人一听到脚步声，便喊道："等等，先生。"抑或是喊着："等等，戴眼镜的大叔。"那一声"等等"的音调，听起来十分奇妙。我二十岁时，在吉原的罗生门町、洲崎的红灯区，还有浅草公园的隐秘处常常听闻如此奇妙的呼喊声，现在竟一点都没变。有一种突然回到三四十年前的心情，就连沟渠水冒着泡、凝滞不动的模样，也令我忆起以往还没被黑水沟淹没的吉原来。

我的心情竟然因为这番追忆而有所波动，从两旁窗户传来的呼喊声，促使我的脚步声变得急促起来。"先生，进来坐！"有人这么喊。"进来坐一会儿嘛！"也有人这么喊。路上的行人面对屋内的那张笑脸，有人虽然没有说出口，却露出明确的拒绝表情，有人只是沉默不语。

欢场女子多是穿着与咖啡厅女侍相似的和服，或是酒场女子常见的洋装打扮，也有人梳着神似艺伎的岛田髻。不仅装扮如此，容貌亦是东京大街上四处都能见到的模样，和护士、临时女工、女佣、女侍、女乘务员、女店员等没什么两样。她们无一例外都是从乡下地方来到城市的年轻女子，打扮成当下流行的模样，虽然容貌各式各样，但几乎都是一脸的朴实木讷，总觉得她们都像甘于命运与境遇似的，没有那种让人觉得恐怖的阴险神情，也没有看起来神经质的表情。在这里看不到百货店的和服、配饰打折销售时，那种搜寻便宜货的锐利眼神，也没有没能顺利考上女校的女孩那般失落哀愁的模样。

在此声明，我既非医师，也非教育家，更没有以现代文学家自居。如同三田派某位评论家所言，我只是兴趣低俗、人品低劣的一介无赖汉。因此之故，相较于知识分子阶层的夫人与小姐的脸，窗内女人的脸反倒令我无法心生厌恶。

我就这样被唤住，站在窗边，在殷勤的催促下，推开门入屋。

每一间屋子都开着两扇窗，也有两扇用于出入的门。也就是说，每一扇窗子与门里头，就有一名女子。窗子内侧成了镜子，墙面壁板较高处设了小小的神龛，墙边的另一个层架则摆着化妆品、明信片与人偶等，小花瓶里插着一朵花。我想起一元出租车[1]的窗子上也会不时像这样插上一朵花，看来这些人之间似乎有着共通的情趣。

踏上玄关处的台阶，前方是一扇用来分隔房间的拉门，上面挂着一面红色碎布裁制成的细绳，绳子前端缀着铃铛，像是布帘一样罩在门上。女人将拖鞋收拢摆好，招呼我入内，拨开作为门帘的细绳，引领我上二楼。我踩着梯子拾级而上，瞥见房间里头摆着矮柜、小桌、梳妆镜台、长火钵，还有三味线等东西，看起来丝毫不像穷苦人家，而且收拾得极为整洁。二楼有两间三叠[2]榻榻米大的房间，一间四叠半榻榻米的房间，以及一间约莫八叠到十叠大的客厅，摆着床、椅子、

1　一元出租车是 1924 年于大阪兴起的，以一日元统一价运行的出租车，后来流行至东京。

2　叠是榻榻米数量的计量单位，一叠即一张，传统尺寸为长 1.8 米，宽 0.9 米，面积是 1.62 平方米。——编者注

桌子等物件。墙上贴着壁纸，窗子上挂着窗帘，榻榻米上铺着坐垫，天花板上的电灯还有装饰，桌上除了烟灰缸之外，还放着一本名为《明星》的杂志。

女人从楼下端来盖着黑漆盖子的茶碗，搁在桌上。我将叼着的纸烟在烟灰缸里捻熄，说道：

"今天纯粹参观，只能付点茶水费，还请见谅。"

我边说，边拿出小费。女人见状，回道：

"如果只是喝杯茶的话，不给也没关系。"

"那就先搁着，直到我下次再来吧！这家怎么称呼？"

"高山。"

"这里是寺岛町，没错吧？"

"是的，这里是七丁目呢！我们家的一店和二店都在七丁目！"

"什么意思？一店和二店有何不同吗？"

"一样啊！往修筑中的路那边走，还有四店和五店呢！"

"也有六店和七店吗？"

"这倒没有。"

"白天都在做什么？"

"店是从四点开张，白天这里很安静，没什么生意上门。"

"没有休息日吗？"

"一个月休息两次。"

"多是去哪儿玩？应该是浅草吧！"

"是啊！常去看能剧[1]呢！不过，大抵还是在附近活动，反正都是一样的！"

"你的老家是在北海道吧？"

"哎呀！你怎么知道的呀？老家在小樽。"

"听得出来。来这边很久了吗？"

"今年春天才来这里。"

"之前是在哪儿？"

"之前是在龟户，因为家母病了，需要钱，才转来这里。"

"借了多少？"

"一千日元，分四年还呢！"

"还有四年啊！辛苦了。"

"听说还有人欠得更久呢！"

"是呀！"

因为楼下的呼叫铃响起，我从椅子上起身，一边询问最近的公交站在哪儿，一边下楼。

一到外头，人潮越发拥挤，"等等"的呼喊声犹似回音，从道路的四面八方传来。高耸的安全道路告示灯底下聚集着一群人，本以为是有人起了争执，原来不是。流行曲声伴随着弦乐器声，响彻整条街道。蜜豆屋的店员将盛装甜点的玻璃器皿端至窗口叫卖，摊贩的手推车上堆放着水煮蛋、苹果、香蕉等食物，还有东西被摊主

1　能剧是日本著名的传统戏剧形式，演员一般会佩戴面具演出。

源源不断地从后方塞上车。行人和车子经过的地方是别有洞天的繁华大街，路旁立着像是屏风的板子，避免面对面的两户人家通过窗子瞧见彼此的隐私。

我沿着这条路往右拐，再往左拐，又经过几户人家的屋檐下。信步其中时，我又来到了曾经走过的地方，听到有人谈论我："哎呀，就是那个负心汉。""我认得他，就是刚才那位先生。"随后我来到一片昏暗、宽敞的道路，这才发现原来走到了铁路一带，地上还留有挖除枕木的痕迹，四处都是水洼。两侧立着木板围墙，看来后面的人家也在试着融入这片街景。

拆除铁轨后的空地一片昏暗，另一头稍远处亮着来来去去的车辆的尾灯。我想起方才喝茶歇脚时那女人提及的修筑道路一事，遂沿着木板围墙往前行。近年来，东京无论是市区还是市郊都建了不少笔直宽敞的道路，拜路边的商店门帘以及来往行人所赐，人行道可以说热闹得寸步难行。除了从沿街的商店传来的唱片音乐和广播声之外，还听得到宣传新开店铺的笛子与太鼓声。飘散着浓浓油臭味的摊子后面，一辆辆一元出租车等着载客人返家。

我忽然瞥见了公车站牌，于是便驻足等待亮着紫灯的车子到来。上了车，才发现这时还不是人们返家的时间，就算有人朝车站走来，也没人上车。我问乘务员这车开往何处，原来是行经雷门，绕至谷中，开往上野。

道路中央突然闪起红灯，公交车停下来，我瞧见前方有两三辆电车陆续横穿过人行道，呼啸而过。就在车子驶过岔道口，城镇骤然变得昏暗时，乘务员喊了声："曳舟街！"这个地名听来如此令人怀念。我将额头贴在玻璃车窗上，遗憾的是就连树木、水池也没见着，不知不觉中车子早已驶过市营电车终点站向岛。之后，我和电车一前一后地过了吾妻桥，矗立于对岸松屋屋顶上的时钟，刚好九点……

昭和十一年（1936 年）四月

玉之井

　　东京都墨田区，曾是名为"玉之井"的红灯区的所在地，从前这里有许多私娼妓院、酒店等声色场所。昭和十一年（1936年）三月开始，荷风多次造访此处，四月随即写下了这篇随笔《寺岛之记》，后来还撰写了以玉之井为背景的小说《濹东绮谭》。《断肠亭日乘》当中也有荷风仔细绘制的玉之井周边地图，以及玉之井各处的写生素描。他更是于小说完成不久之后，带着新买的相机，拍下了许多玉之井的珍贵照片。1958年起日本全面施行"卖春防止法"，玉之井的繁华样貌渐渐消失了踪影。

　　《濹东绮谭》描写了小说家大江匡与娼妇阿雪从相遇到最终分别的故事。这篇小说当中有许多荷风的真实体验记录，甚至连娼妇阿雪也是以荷风现实中在玉之井遇到的女性为范本的。

　　附带一提，《寺岛之记》最前面提到了浅草的著名地标雷门。"雷门虽说是门，却没有门。门于庆应元年（1865年）被烧毁后，并未重建。"现今我们所见到的雷门，其实是于1960年，也就是荷风去世的来年重建的。文章最后提到"过了吾妻桥，矗立于对岸松屋屋顶上的时钟"当中的"松屋"，则是指位于浅草的松屋百货分店，开业于1931年（昭和六年），底下就是现今的浅草车站（从前名为"东武铁道浅草雷门站"），也是荷风时常出入的地方。他在松屋购物、避雨、观看展览，甚至数次在松屋楼顶上俯瞰街景，似乎对此很是喜爱。

帝国剧场的歌剧

　　在序曲的徐徐演奏声中，我看着剧幕开启，那瞬间经历的奇妙心境着实复杂得难以言喻。观众的言语服装与舞台上的迥异，毫无任何能够融通之物，加上盛夏酷暑的闷热天气，越发让我的奇妙感倍增。

哀愁诗人缪塞[1]的诗作有云，当青春的希望与活力被消磨殆尽之时，唯有音乐与美女才能抚慰人心。没有什么事情比听到自己年少时聆赏过的优美婉转的歌曲更令人快乐的了。

　　我之所以几乎每晚都去帝国剧场聆赏歌剧，是为了回想起自己二十多年前负笈西方时的点点滴滴。一如缪塞的诗作所言，歌剧对我而言"是以往聆赏过的甜美、优雅之歌"。当时的我还是个二十七八岁的青年，所有的希望与雄心壮志如今早已被衰老与疾病蹂躏殆尽。二十年后的此时此刻，偶然于国内听到以往无数个夜晚曾在纽约、巴黎，还有里昂的歌剧院里聆赏的熟悉音乐，内心着实无限感慨。

　　回顾我国歌剧的发展，首场演出是于大正八年（1919 年）的九月在帝国剧场举办的。那时的我连做梦都没想到，竟能在这座远东之都欣赏到歌剧这门西方艺术。我猜测以当时我国的演艺界情况，尤其财力方面，实在不可能邀请一个团的西方歌剧表演者来到遥远的东方。因此初闻此事时，我的惊愕之情比看到报纸上关于欧洲战乱的报道时更甚。

　　众所周知，持续五年的欧洲战乱带给这个东方帝国莫大的财富。

　　1　阿尔弗雷德·德·缪塞（1810—1857），法国贵族、剧作家、诗人、小说家。

因为战乱，有幸邀请到歌剧表演团体远渡重洋来此，不可不说是一种讽刺。当时一介日本人在巴黎，依靠自己的力量和法兰西人交易诸如莫奈、罗丹等大师的作品，以及江户浮世绘的收藏品。那时还是战争之初。歌剧方面，通过帝国剧场负责人山本氏[1]的积极斡旋，西方艺术得以在国人面前展现。法兰西近代的美术作品与江户浮世绘，则是借松方氏[2]之力，传入远东。在这两位不遗余力地推动下，日本艺术界得以目睹不曾见过的艺术名作，聆赏不曾听闻的音乐和歌剧。虽然不清楚当代艺术界如何受到熏陶，但是松方、山本两位应当名留文化史。

大正八年的初秋，登上帝国剧场舞台演出歌剧的表演团体由流亡异乡的俄罗斯人组成。对于生活在欧美城市里的人们来说，俄罗斯尚且是一方不可思议的国土，我能在日本的东京，偶然聆赏到以俄语演唱的歌曲，更是难得。九月一日首演之夜演奏的曲目是意大利人威尔第[3]的四幕歌剧《阿依达》。在序曲的徐徐演奏声中，我看着剧幕开启，那瞬间经历的奇妙心境着实复杂得难以言喻。观众的言语服装与舞台上的迥异，毫无任何能够融通之物，加上盛夏酷暑的闷热天气，越发让我的奇妙感倍增。歌剧在欧洲通常是于最凛冽的冬季演出，因此之故，当我聆赏西洋音乐时，总会想起映照在深

1　山本氏指山本久三郎。

2　松方氏指松方幸次郎，川崎造船所的社长。

3　朱塞佩·威尔第（1813—1901），意大利歌剧作曲家，代表作品有《茶花女》《弄臣》等。

夜灯火下的雪中街景。

当夜观赏歌剧的一些日本观众投宿在市区旅馆。有人身穿旅馆提供的平袖浴衣，并未披上外褂，浴衣下摆还往上撩起，露出小腿肚，还有殖民地常见的混血面孔。总之，来了许多风采容貌在欧洲绝对看不到的人。演出完毕，当我走出剧场时，从护城河畔传来口琴声与流行曲声；我信步至日比谷的四辻一带时，扑鼻而来的是公园公厕发出的恶臭；一回到家，客厅里的伊蚊嗡鸣，从围墙外传来梆子声。这一切让我不得不思索，如果艺术的发展与其滥觞相去甚远，依当地气候、风土人情与种族的不同而有所改变，那么艺术产生的效益，或是被称为价值的东西又是什么？换言之，这一切让人不得不试着思考该如何欣赏艺术才算真正了解艺术。

那一年，俄罗斯歌剧演出至九月下旬，大约为期一个月。这期间，我每夜不懈怠地前往聆赏，感觉首演之夜经历的混乱感逐渐舒缓，也努力让音乐诱发的幻想与周遭实况完全分离，彼此互不侵犯。

俄罗斯歌剧团于两年后，亦即大正十年（1921年）的秋天再度归来，分别于东京的帝国剧场与有乐座演出。我初次听到俄罗斯人用他们的母语演唱柴可夫斯基的歌剧作品《叶甫盖尼·奥涅金》，就是在有乐座。一如前述，并非必须亲赴俄罗斯，才能观赏演出，如果身处欧洲，多的是机会聆赏。我希望演出舞台剧与歌剧的艺术家最好和作者来自同样的国家，讲同样的语言，好比要想完美诠释《卡门》[1]，非法国人莫属，要想精彩呈现《特里斯坦与伊索尔德》的话，非得是德国人不可。我在美国时，曾聆赏美国演员演出莫里哀的歌剧，实在不甚喜欢，无非也是基于同样理由。悲哀的是，我对于翻译成日语的西洋戏曲，尤其是歌曲的表演，尤其不感兴趣。

如同前述，大地震后，原本每年定期于帝国剧场公演的歌剧中断了。从首演到今年，转眼已是第九个年头。这期间，俄罗斯芭蕾舞团也曾来日本演出。九年的岁月绝非短暂时光，让日本演艺界有足够时间适应、接受西欧的歌剧与芭蕾，更何况帝国剧场以往就曾招聘过西洋歌剧人才，也曾设置歌剧部门，训练相关人员。总之，日本的演艺界早已尝试过各种新运动，唯独我还处在自以为别人都不知晓的境地吧。

今年三月，意大利歌剧于帝国剧场演出，四月剧场亦迎来俄罗斯歌剧团，两者皆为我非去捧场不可的表演，在此记上一笔。

昭和二年（1927年）五月

1　《卡门》是法国歌剧作曲家比才的代表作品，下文的《特里斯坦与伊索尔德》是德国著名歌剧作曲家瓦格纳的代表作。

　　位于东京丸之内地区的"帝国剧场"于 1911 年开幕，是日本第一座西洋式剧场，不仅采用了文艺复兴时期的建筑风格样式，还曾邀请许多欧美艺术家前来演出。当时打出的宣传口号是"今天看帝剧、明天逛三越（指三越百货公司）"，观剧一时蔚然成风。

　　喜爱音乐及戏剧的荷风，当然不会错过国外艺术家前来日本演出的机会。其实他远赴美国、法国时，便时常观赏歌剧、聆听演奏会，熟知当时古典音乐的发展状况，写作了《西洋音乐最近的倾向》《欧洲歌剧的现状》《歌剧杂谈》等许多文章，还在日本介绍德彪西（1862—1918）、理查德·施特劳斯（1864—1949）等近代音乐家，对日本的西洋音乐史发展有很大贡献。

　　荷风对戏剧的理解，也促成了他书写歌剧《葛饰情话》的剧本。负责音乐的是在音乐领域造诣极深的新人作曲家菅原明朗（1897—1988）。1938 年《葛饰情话》上演时，一天演三场，连续十天，受到热烈欢迎。荷风甚至曾经表示："我人生中最开心的事情，其一是在巴黎遇见了上田敏老师，其二便是《葛饰情话》的上演。"由于这份成功，荷风原本计划继续书写音乐电影剧本，可惜战争的范围逐渐扩大，未能如愿。甚至因为空袭，所有的乐谱都被烧毁。直到近年，总算发现了当时的钢琴伴奏乐谱，才用这份乐谱再现了乐曲部分，让这部梦幻歌剧再度呈现在人们面前。

关于《葛饰情话》的其他介绍可参照《草红叶》文后的专栏文章《荷风与浅草歌剧馆》。

草红叶

　　昭和时代的人们早已忘了大正时代的公园风貌。那时候站在歌剧馆舞台上接受来自观众喝彩的表演者，大半是大地震后来东京发展成功的乡下人。如今，那个时代的风华亦成了过眼云烟。

因为我暂居东葛饰区较为偏远之地，偶尔才会耳闻东京的二三事。

我认识的人当中，因为这次战火而殒命的人大抵住在浅草，也参与过公园的演出活动。

就连逃过大正十二年（1923年）那场大地震的观音堂，这次也化为灰烬。三月九日那一夜的火势之大不必多言，而我在高台麻布一带的家遭遇的大火似乎比观音堂处更加猛烈。那一夜，因为我早早便处理完琐事，勉强还能抱持从容的心情，看着自家宅院与藏书被烧毁的惨况，并与邻居们闲聊至天明。幸运的是，我连一根眉毛也没被烧到，平安逃过一劫。我们这些尚能从容面对惨事的幸存者，在听闻浅草那些死难者的事时，还是痛苦万分。无奈事实就是事实。一夜之间，那些身影从活着的人面前消失了。过了一年多，即便再怎么无法接受，唯一能确定的事，就是他们确已不在世上。

记得那时有个年约五十岁，专门制作歌剧馆舞台道具的师傅。他总是将铁锤插在黑衣的衣带上，眼睛细细的，个子不算矮，一派身强体壮的模样。他处事周到，谈吐也非常沉稳，看起来不像是在浅草这里制作大型道具的人。因为从事舞台方面的工作，平日的穿着也偏好与黑色工作服相近的和服，夏天是灰色短外套，冬天则是茶色角袖[1]外套，看起来就像一个诚恳正派的商人。头顶虽秃了大半，但没戴帽子，拖着屐带像是不会松脱的木屐。这应该是江户人的特殊习性吧。他总是比其他工作伙伴早一步赶回位于千束町的家，看那样子，似乎是滴酒不沾之人。

这位老人家有两个女儿，妹妹在家帮母亲经营什锦烧生意，姐姐那时已经芳龄二十二三，艺名叫荣子。她那几年几乎每天都在父亲制作的道具前，和好几位舞女一起表演。

我和荣子熟稔起来是在昭和十三年的夏天，那时正与作曲家S氏一起参与这座剧场的歌剧表演制作。首演开幕时，我去了一趟后台休息室。因为那天是三社权现[2]的祭典日，在二楼歌舞演员休息室等待出场表演的荣子在我面前摊开布包袱，取出外裹竹皮的红豆糯米饭，说道："这是家母要我带给先生的。"

她似乎很早之前便晓得，前一晚排演结束后，首演当天我会来剧场。荣子的母亲之所以这么做，不单是为了感谢我平日对她女儿的关照，也是出于自古以来的习惯，让人见识到当地人想和外地人分享祭典欢愉气氛的下町作风。我素来对于时代与人情的变迁容易有所感触，荣子母亲的这份深厚心意令我无比欢喜、印象深刻。除了红豆糯米饭之外，还有竹皮包着的炖煮莲藕，以及干鱿鱼片。加了点砂糖以至于偏甜的口感，让我品尝到下町人喜好的地道口味，

1 角袖是一种方形袖子的男士和服款式。

2 三社权现指东京的浅草神社，这里每年5月举行的祭典仪式被称为三社祭。

因而更加欣喜。我从没想过自己会在歌舞演员的后台休息室，踩着爵士舞步，享用三社祭的红豆糯米饭。

　　舞女荣子与家人住在千束町朝北直走的一条巷弄里，那里有热闹的商店街，不分昼夜都能听到唱片播放的流行歌曲声。灯火通明的吉原游廓[1]就在巷弄的尽头。某晚，排练至夜深的我走在回家路上，突然想吃点东西，想起荣子曾说过有家营业至深夜的餐馆。于是，荣子邀约住在附近的两三位舞女姐妹，带我去位于吉原的角町、在稻本屋对面小巷里的一家叫作"堇"的茶泡饭餐厅。我们从水道尻[2]那一头走进烟花柳巷，一行人前往角町的路上，经过仲町时与两位从引手茶屋[3]走出来的艺伎擦肩而过，其中一位艺伎与荣子对看一眼，用眼神示意后便离去，感觉彼此似乎有些尴尬，也像是有什么事不方便当场启齿。我们走到角町街角时，我问了方才那位艺伎的事，荣子说她是富士前小学的同班同学，某家引手茶屋店主的女儿。言谈中，我感觉得出荣子认为这位艺伎的地位比身为舞女的她更高。因为此事，我得知荣子是在游廓附近的陋巷里长大，也才知道周遭之人是以近似尊敬的心情看待廓内的女人们的。这个从江户时代留下的古老传统直到昭和十三年的这一天依旧不灭，还真是个意料之外、不可思议的事实。然而，这个传统在三月九日这天夜晚也成了一种过往，大概全然灰飞烟灭了吧。

　　1　吉原游廓是江户时代日本最繁华的烟花柳巷之一。

　　2　水道尻是吉原尽头的街区名称。

　　3　引手茶屋是为嫖客介绍妓女的地方。

这天深夜，我在吉原所见所闻之事，不少迄今依旧记得。

"堇"这家店以中央的土间为区隔，左右铺着榻榻米，可以坐下来吃喝。就在荣子她们吃着红豆年糕汤、杂煮、馄饨等料理时，有位客人从挂着布帘的入口进来落座，并点了酒和下酒菜。这个男子身形高大，约莫五十几岁，头发剃得精光，碎花短外褂下是一件碎花窄袖便服，下摆撩起，穿着一条藏青色的丝质绑带裤，脚套白布袜，足蹬木屐，领子微敞，怀里露出一截纸角，这派风采，现在到哪儿都不太容易见到了。即便是表演场的后台休息室，从明治末期就没见着有人这副装扮。虽然我不太认识仲町一带的艺人，但猜想他八成是某位著名师傅的帮间 [1]。

只见男人一边不时微笑地偷瞄舞女们谈笑、吃东西的模样，一边静静地倒酒独酌。舞女的洋装与化妆方式非但没让他心生不快，反倒让同样上了年纪的他与我有所共鸣。我们的视线不时对上时，感觉到彼此都强忍着笑意。想来这位老帮间和我一样，将都市之人对于世俗风情变迁的好奇与哀愁深埋在了心中。

布帘外的妓院门口灯火已灭，无论是客人的声音，还是女人的声音，抑或是往来寻芳的路人的脚步声都消失了。廊中一片静寂，也没出租车呼啸而过。才刚庆幸过了午夜这般静谧，附近小巷又传来我早已听惯的新内声响，顿时有种穿越时代，将这一带拉回往昔世间的错觉。从剃着光头、穿着绑带裤的帮间那副闲适模样，看得

---

1 帮间是在剧场中从舞台一旁协助艺人表演的工作人员。

出来他是旧时代传统的受惠者；我在面对这种从事传统行业的人时，总会心生些许羡慕与嫉妒。

也许这位剃着光头的男子也因为三月九日的那场火灾，与游廓一同化为灰烬了吧。

听闻那夜一起在"堇"打牙祭的舞女中，有一位不久便离开浅草，去了名古屋，另一位则是去了札幌。谣传荣子后来幸福地嫁为人妇，不再住在游廓的小巷弄里。我由衷地祈祷荣子与她父母并未去到另一个世界，而是仍然留在这个世界中。

除了制作道具的师傅一家，作曲家S氏和我在浅草制作歌剧《葛饰情话》时，为此剧演奏钢琴的人也死于这场火灾。据说他就住在从浅草公园往田原町方向去的狭窄巷弄里。还有一位住在入谷的花艺师，为观众制作像是彩球、花环之类的礼物送给自己偏爱的艺人，他也死于三月九日那夜的火灾。听说他和妻女早在房子被烧毁前便逃到了大街上，但为了多拿一些家当又进去了，之后就再也没有出来。

浅草公园究竟何时才能重拾往昔繁华呢？或许如同观音堂一样，很难再恢复到一立斋广重[1]名所图绘里的旧时风貌了。

昭和十二年，我和歌剧馆与常盘座[2]的工作人员熟稔起来，那时，知道大地震前的公园风貌与凌云阁的人，可以说屈指可数。昭和时代的人们早已忘了大正时代的公园风貌。那时候站在歌剧馆舞台上

1 一立斋广重指歌川广重（1797—1858），日本著名的浮世绘画家，"一立斋"是他的号。

2 常盘座是位于东京浅草公园的电影院兼剧场。

接受来自观众喝彩的表演者，大半是大地震后来东京发展成功的乡下人。如今，那个时代的风华亦成了过眼云烟。重返太平时代后，以跳爵士舞出名的明星尽是从未见过上了朱漆的观音堂的艺人，不免令人感叹时光如流水般不断流逝，人在生命尚未走至尽头时就早被遗忘了。一想到此事，便觉得活着也是一种寂寞，甚至与死无异吧。

*　　*　　*

歌剧馆的后台休息室门口，坐着一位长年看守后台澡堂的老伯。三月九日那夜，他究竟是死是活，无人知晓。即便日后我和别人聊起歌剧馆那时的事情，也没人提起那位老伯，因为他在世时，便早已是别人眼中可有可无的存在。

那时听舞女们说，老伯有家室，就住在马道那一带，家中二楼还出租以贴补家用。他妻子的年纪并不大，还是个气质优雅、个头娇小的女子，在上野广小路的某家电影院当引座员。老伯总是用手巾缠着头，在后脑勺打个结，所以休息室里没人知晓他究竟是秃顶还是满头白发。四肢瘦削的他戴着眼镜，一张脸皱纹多且松垮，看起来应该不止六十岁，而且无论盛暑寒冬，都是衬衫搭配长裤的装扮。没人知道他的私事，也没人想打探，不过因为他的长相看起来并非穷凶极恶，亦非地痞流氓之辈，所以说不定曾是个正经的商人。

歌剧馆的澡堂就位于休息室门口旁，出入之人总是会站在门口闲聊。有人赶去别处表演，有人刚从外边表演完回来，有人要找在里头工作的人，也有人倚着出入口的门或墙壁，与他人热络地交谈。每当时节入夏，不少人便会搬来舞台用的椅子，不分昼夜地坐在门口谈笑。老伯倒是很少加入话局，看惯年轻人与舞女之间打闹嬉笑的他，倒也没露出过什么不耐烦的表情。

气候一转寒，老伯便端出火盆，挨着墙面，躺在狭窄通道里摆放木屐的层架下方打盹，丝毫不理会往来行人的目光。

记得是某年的花开时节吧，我瞧见老伯仔细削着不知从哪儿弄来的竹子制作鸟笼。如同镇上的理发师会弄个鱼缸养金鱼，灯笼店老板会做个庭院盆景摆在店里头，老伯似乎也有这么个兴趣。从他的谈吐与行事风格，看得出他是土生土长的下町人，但我从未见过他的笑容。或许随着年岁增长，人在落魄、穷困潦倒时最先忘却的就是笑这回事吧。

随着战事的拉长，煤气、焦炭开始匮乏，后台休息室的澡堂也不再使用了。不久老伯便遭解雇。休息室门口那单薄的身影消失后，换了一位老阿姨拿着前端断掉的扫帚做清扫工作。

* * *

一晃眼，又将迎来战后的第二个秋天。去年是在冈山的西郊迎秋来，在热海送秋走，今年我是在下总葛饰的田园，听着每日的呼啸风声，惊讶光阴飞逝。虽然在冈山时觉得秋日漫长，但其实不满百日。热海的小阳春温暖明亮，犹如一场明快愉悦的白日梦。

因为曾经失去过家园，漂泊之地的每处风景无一不在我的内心深处播下回忆的种子。每当离去时，我总是有种类似于"昨夜共眠，今朝离别"的悲伤，在期待旧地重游的心境下前往别处。然而，往往只有等待偶然的机会，才能将期待付诸实行。

八幡町的梨园已经采收完，明亮的阳光从葡萄棚架洒落，玉米的秆子倾倒，黄澄澄的稻田一望无际。不知何时，我还能再次听闻栖息于妙林寺松山的鹰鸣叫呢？此时，备中国总社[1]的人们肯定已经前往后山采摘蘑菇去了，一边感叹着秋晴之日的短暂，一边还会用流经三门町的河水洗东西，八成冷到刺骨吧。

日积月累的等待心情酝酿出如同乡愁的哀愁，再也没有比乡愁这般情绪更美好的东西了。我始终无法忘怀的巴黎天空亦成了一种情绪。

巴黎虽然再次遭逢战乱，却依然安然无恙。春天一到，丁香镇的花又会飘散出香气。无奈我的出生地东京——这座孤岛城市却几乎灰飞烟灭。乡愁是一种思慕之情，那么渴望再次见到不复存在的事物，这样的心情，也能称为思慕之情吗？

昭和二十一年（1946 年）十月

1　备中国是日本古代的地方行政区域。备中国总社即如今冈山县总社市。

　　位于浅草的剧场"歌剧馆（オペラ馆）"对荷风来说别具意义。歌剧馆自 1909 年（明治四十二年）开馆，1944 年（昭和十九年）关闭，主要进行电影上映及剧场演出等活动。从前荷风也偶尔造访浅草，但频繁造访是 1937 年（昭和十二年）之后的事了，他的目的地便是这栋歌剧馆。在西洋音乐方面造诣极深的荷风，原本就对写作歌剧抱有憧憬，造访歌剧馆，加上认识了作曲家菅原明朗（1897—1988），促成他写作了歌剧剧本《葛饰情话》（1938）。

　　其实自明治时代后期起，日本就开始演出歌剧，特别是大正时代在浅草上演的"浅草歌剧（浅草オペラ）"，受到许多民众喜爱。但当时所谓的歌剧大多是翻译自国外的作品，或是拿现有的流行音乐搭配剧本来演出。进入昭和时代之后，人们生活逐渐西化，音乐也出现了不少日洋融合的例子。同时精通西洋古典音乐与日本传统音乐的荷风，认为此时时机成熟，由日本人创作的歌剧应该能够被人们所接受了。果不其然，以西洋歌剧形式表现日本平民故事的《葛饰情话》在浅草歌剧馆上演，轰动一时。

　　1944 年（昭和十九年）3 月 31 日，正值战争，歌剧馆被强制拆除。

荷风在《断肠亭日乘》当中记录，演出最后一天他在后台看到艺人们哭泣的样子，离开之后也禁不住伤感，暗自落下了泪水。

关于《葛饰情话》的其他介绍可参照《帝国剧场的歌剧》文后的"轻知日"专栏《荷风与歌剧》一文。

深川散步趣

　　东森下町迄今还有一座名为"长庆寺"的禅寺，地震前，以寺内立有芭蕉翁的句碑以及大盗贼日本左卫门的墓而广为人知。当时，从电车上还望得见立于巷弄尽头的楼门。寺院里的墓地与六间堀内侧河岸之间，盖了一排杂乱无章的长屋，崎岖难行的小巷纵横穿梭其间。

我的老友在中洲河畔开设医院一事，我早已于当时在《中央公论》连载的杂记中提及。虽然这家医院后来迁至横跨于箱崎川上的土洲桥旁，但因为与中洲相去不远，所以每次我去那里看诊时，回家路上仍旧会行过清洲桥，散步至深川一带。有时甚至散步至日落时分，才惊觉时候不早，赶搭电车返家。我还住在高台地区多是山坡路的地方时，有时看到浅草川，就会莫名地想过桥到对岸瞧瞧，尤其在看似快下雨的日子，眺望着河川旁的迷人景致，越发有散步的兴致。

　　连接中洲与清住町一带的清洲桥，是一座开通于昭和三年春天的铁桥。这座桥迄今除了通公交车之外，既不走电车，亦没有太多往来行人。我站在桥中央远眺，河流缓缓地朝西南方蜿蜒流去，南边有永代桥，北边是新大桥，横跨在河川上，四周景致尽收眼底。回头一望，西边是中洲的河岸，还看得到箱崎川的河口，东边是深川的河岸，遥远的下游一带是横越油堀口的下之桥，附近还有横跨仙台堀的上之桥。倘若能望得更远，还能瞧见横亘于小名木川河口的万年桥。因为这几条运河上聚集着各式各样的货船，所以这里成了眺望市区河流风光时，最能感受到活力且景致最为丰富的位置。

　　某日，我一如往常从中洲的河岸行经清洲桥时，忽然想起另一头的万年桥一带还留有芭蕉庵的旧址与椪木稻荷神社，不晓得地震后变得如何，遂决定寻访。下了清洲桥后，瞧见浅野水泥厂那高耸到有些可怕的建筑物与烟囱，灾后依然矗立于原处。朝反方向前行，目之所及是一整排没有窗子的平房仓库，一条小路蜿蜒穿梭于仓库之间，除了身穿西服、足蹬草鞋的洋人边抽着烟卷边漫步其中之外，几乎瞧不见其他人。隐约传来聚集在屋顶上的鸽子叫声。

沿着这条僻静巷道前行一两条小街，过了万年桥，来到河岸北边一处朝河川突出的地方，那里同样立着成排的平房仓库与贫穷人家的民宅，不但遮住了河川景致，还使窄巷看起来更为狭窄。我见到位于湿地路旁以神社模样保存下来的芭蕉庵遗址。这条路的尽头则耸立着椪木稻荷神社祠堂的新造石鸟居。纵使东京的生活再怎么忙碌，传统风流雅士之迹依旧残存，令人甚感诧异。

绕过鸟居前面的小路，沿着河川的岸边漫步，便会来到出租汽船的码头。再往前走一会儿，便来到一座横跨六间堀、名为猿子桥的老旧木造桥。我拄着杖，驻足桥上远眺。夹着浊水的两侧河岸边，建着一排排铁皮屋顶的两层楼老旧民宅，挂在窗上的破旧布帘随风翻飞。即便到了现今的昭和时代，依旧保留着明治时期河上架着几座陡峭木造小桥的旧貌。此外，这般一如往昔的肮脏景象也勾起了我和现已亡故的友人A氏二十年前不时寻访这一带古刹遗迹的记忆，还有再早十年，我刚成为落语艺术家的入门弟子时，经常出入这一带的演艺场，或是登上常盘亭的舞台等诸如此类的回忆。

被称为六间堀的这条沟渠，从万年桥一带，笔直地流向北边的本所竖川，途中分出的支流，一路朝东边流经弥勒寺附近的外堀，穿过富川町与东元町的陋巷，再次与小名木川汇流。自从下谷的三味线堀遭掩埋后，综观市内的水渠，再也没有像六间堀这般色泽晦暗、污浊的河川了。我的故友 A 氏，约莫从明治四十二年开始，便一直住在六间堀沿岸的东森下町巷弄里的一栋长屋里，足足住了三四年之久。

东森下町迄今还有一座名为"长庆寺"的禅寺，地震前，以寺内立有芭蕉翁的句碑以及大盗贼日本左卫门[1]的墓而广为人知。当时，从电车上还望得见立于巷弄尽头的楼门。寺院里的墓地与六间堀内侧河岸之间，盖了一排杂乱无章的长屋，崎岖难行的小巷纵横穿梭其间。住在长屋的人们称这处地方为"大久保长屋"，亦称其"汤灌场[2]大久保"，也称比较宽敞一点的巷子为"马背新道"，这是因为道路中央较为隆起，两侧民宅的地势较低，故而以马背譬喻。倘若走不惯这种路，木屐带八成会被磨断。此处还保存着明治维新之前，拥有五千石[3]的旗本大久保豊后守的宅邸，面对六间堀的东侧后方，还留有于明治末期便已颓圮的武家长屋。此外，还有一座被称为大久保桥的小桥，可由这一带通往堀向的林町三丁目。

1　日本左卫门（1719—1747），本名滨岛庄兵卫，江户中期的浪人、盗贼。

2　汤灌场是指寺院内一间用来进行汤灌的小屋。所谓汤灌，是指替死者遗体进行梳洗、着装的仪式。

3　日本战国时期以粮食的收获量（单位：石）来衡量封地的大小。

这些事都是那时听 A 氏提及的，后来我查了《武鉴》[1]，得知嘉永三年左右，大久保豊后守忠恕当上了幕府的大目付[2]。因为从江户时代到明治八九年，东京的地图都没有太大变化，所以我才知晓大久保氏的宅邸坐落于此处。

我曾与籾山庭后[3]君一起编辑过《文明》这本月刊，当时，A 氏以"深川夜乌"的别号写了一篇叙述大久保长屋历史的文章。今日细读其中一章，内容如下：

　　汤灌场大久保的民宅遗迹，为何称为汤灌场大久保呢？那是因为长庆寺的汤灌场与大久保的民宅比邻的缘故。走进窄巷，右边有五间长屋，第二间是阿久的家，亦即我寄宿的地方。阿久原本是下谷的艺伎，辞业后，打理我的日常起居足足两年，后来我们缔结良缘，相偕做伴。右边邻居是制作电话机按钮的工匠，左边邻居则个铁匠。铁匠的老婆因为丈夫赚得不多，家中又有五个嗷嗷待哺的幼子，所以打理家务之余，还得兼做打扫烟囱的差事。大腹便便的她想到家里又将多一张嘴，难免忧虑生计问题，于是总做些不适合孕妇的行为，希望腹中的胎儿流产：不是直接坐在木板地上，就是闹水灾时挺着大肚子在淹到大腿的泥水中走来走去。尽管如此，后来还是顺利产下了一个白胖男孩。

1　《武鉴》是江户时代出版的一本年鉴，记述了江户幕府官员的档案资料。

2　大目付是江户时代的幕府官职，又称为大监察。

3　籾山庭后即籾山梓月（1878—1958），号庭后，著名俳人，也是俳书堂、籾山书店的店主。

我家只有两个房间，分别是二叠与四叠半大小。四叠半大的房间里摆着长火钵、两个柜子与桌子。小小的屋子里，住着我、阿久、岳母和阿久的姐姐。缔结良缘当日，我还宴请了十位朋友来家中热闹了一番。

檐廊上摆着坐垫，四叠半大的房间里铺着毛毯，正中央摆上餐桌。岳母与姐姐将长火钵搬到厨房后，便退出了宴席。房间与厨房之间挂上草帘子作为区隔，阿久从二叠大的房间里端来酒与炖煮物。（略）

看着Ａ氏书写当日情形的文章，我不禁想起那一天，主人家端出了两升醇酒，盐味蚕豆搭配腌渍黄瓜的下酒菜，还有以秋葵代替葫芦干的海苔卷。友人还订了盒装甜点，分送给长屋的邻居们。只见他一脸认真地逐一登门拜访，恳切请托："请多照顾我兄弟。"后来，长屋的邻居们合送了一大盘寿司作为回礼，并买了宣纸，合写了一封表达祝贺之意的书信。宴席上，阿久弹奏三味线，有人吟唱落魄武士的故事，阿久则吟唱了《十六夜清心》。众人纷纷亮出各自的拿手绝活，余兴节目一直闹至十一点才结束。这是明治四十三年六月九日的事。

因为这时代少有工匠手艺人会在电车上阅报，所以社会思潮的影响尚未遍及深川的长屋群。竹格子窗上摆着牵牛花盆栽，还有人家在窗上挂上风铃。这里的左邻右舍，即长屋的人们大抵是东京郊区土生土长的人，从小习惯这个充满迷信与前世因果论的世界。他们总认为穿着西服、留胡子的人若非巡查员，就是救世军[1]，完全是另一个世界、阶级之人。当然，他们也认为那些人的言语风俗与他们的大相径庭。

友人夜乌子（即A氏）潜居汤灌场大久保，隐于巷弄的长屋里，不求在文坛呼风唤雨，一心徜徉于自己喜爱的俳谐之道，如此这般着实令我由衷地尊敬。他传承了江户传统俳人的气质，堪称真正的俳人。他起初学的是汉文，考取东京帝国大学那一年，却因病辍学。几年后，明治三十五六年，他受雇于某家专门出版各校招生简章、授课讲义的书店，月俸不到二十日元，却十年如一日地从事校对出版物的工作。他不仅擅长俳句，也写得一手好文章，别人虽常劝说他出书，他却从来不以此为志。我与夜乌子受雇于同一家书店期间，开始跟着他学习创作俳句。几年后，机会突然降临，我成了俳句杂志的发行人。夜乌子看到我编辑的这本杂志，只是淡淡一笑。后来我向他邀稿，他不但爽快允诺，还不拿任何稿酬。

虽然夜乌子的老家在高台地区，但他不喜欢当地人那种无意义的体面和矫饰，总认为比起为了虚名，暗地里尽做些龌龊事的人，生活在长屋里的贫民要纯洁、自由自在多了。因此，他宁可选择隐居于此，度过病痛缠身又失意的一生。某天，看到他在日记中描述带着一家人去郊区小剧场看戏的片段，字里行间透露着夜乌子的人生观，以及那个时代的风俗民情，内容如下：

1　救世军是一个以救世济人为宗旨的宗教与慈善团体，这里指该团体的成员。

明治四十四年二月五日。今日要去深山座看戏，所以早点下班返家。制本屋的阿神姐与阿久先行出发，我则是晚了三十分钟才搭上电车。当电车行至灵岸町的某家小杂货店门前时，车上有个看似来自乡下的十八九岁女孩突然摊开手上的包袱，结果我最好的一件羽织外套就这么被胭脂水粉泼脏了。我顿时怔住。一旁看起来应该是女孩兄长的士兵始终沉默，另外一位看起来应该是女孩父亲的老人家倒是频频道歉。只见女孩低着头，一脸羞愧地下了车，害得我连开口斥骂都来不及，只能以一场无妄之灾收场。车上其他乘客频频对我表达同情之意，也斥责女孩与同伴的敷衍态度。有位老婆婆边蹙眉，边擦拭着沾到胭脂粉的膝盖，还有个工匠的布袜子前面也被弄脏了。虽然他们也被无辜波及，但最倒霉的人还是我。我在黑江町下车，与先到的两人会合。我将刚才发生的事告诉阿久，只见她一边笑着说这是对我让别人先行、自己落个轻松的惩罚，一边又露出很伤神的表情，烦恼该如何处理这件被弄脏的外套。幸好阿神姐的小姑子家在离这里不远的八幡神社，于是她拿着我的羽织外套去小姑子家大略清洗了一番，我则是耐着寒气，坐在公园里等待。我们走进剧场，挑了前方的平土间[1]落座。出方[2]是个名叫新次郎的男人，和阿久的交情很好。第一场戏是"酒井的太鼓"，由荣升饰演左卫门，雷藏饰演善三郎与家康，蝶升饰演茶坊主与马场，高丽三

　　1　平土间是歌舞伎剧场中能观看到舞台正面的观众席。

　　2　出方是在剧场、相扑馆等场所经营的茶屋中，负责接待观众、将食物送至座席的工作人员。

郎饰演鸟居，芝三松饰演梅枝。道具脏污，演员中途忘词，表演时不时传来的钉道具的声音……让人难以忍受的情况层出不穷，这里还真是一家三流的小剧场。观众席中不时传出孩子的哭声，再不然就是出方扯着嗓门，斥责随意起身走动的观众的喊声。中幕[1]"河庄"的主要演员和角色如下：芝三松饰演小春，雷藏饰演治兵卫，高丽三郎饰演孙右卫门，荣升饰演太兵卫，蝶升饰演善六。蝶升也担纲第二场戏"河内山"的演出，这场戏由雷藏饰演松江侯与三千岁，高丽三郎饰演直侍。负责弹奏清元[2]的是位年轻女子，技巧实在笨拙得可笑，被艺名为"延九代"的阿久毫不留情地批评。整出戏在逮捕犯人一幕画下句点。我们吃了阿神姐带来的幸寿司，所以没有另外买吃食，结账时，连同小费一共付了二元二十三钱。我们在剧场门口与阿神姐道别，返家途中又与阿久一起去荞麦屋填饱了肚子。两人回到东森下町的家时，刚好是午夜十二点。

地震后，因为深川座所在地一带的道路景况急遽改变，虽然记得剧场旧址应该是在电影院或是公共市场附近，但漫步其中时，我还是偶尔会搞不清楚。

我记得以前的黑江桥应该是位于现在的黑龟桥附近，也就是阎魔堂桥一带。然而，寺院的殿堂皆已焕然一新，附近交通也变得壅塞起来。这一带的街道既没有吸引人的公共设施，也失去了让人沉

1　中幕是第一场与第二场表演之间演出的幕间节目。

2　清元又称清元节，是一种三味线音乐，净琉璃的一种。

醉于往昔回忆的魅力。

我曾和明治座的演出人员一起前往位于电车站附近的心行寺，去扫鹤屋南北[1]的墓，也曾从那里走到不远处的油堀下游，寻访三角屋的遗址。想一想，已是十多年前的事了。（三角屋不是指宅邸的占地呈三角形，而是水渠围绕的城镇的一部分区域呈三角形，因此得名。）

今日的深川是指从西边的大川河岸一带，到东边的砂町为止的广阔的贫瘠之地。遭遇火灾的荒地上除了杂草之外，目之所及没有任何绿意。地震后开辟的宽广笔直的道路，与从以往便流淌着的几条运河，纵横于这片无垠焦土上，穿梭在临时建筑物与简陋的茅舍之间。若说这里就是深川，这幅景象也真是令人无限感慨。

灾后新建的柏油大道中，从黑龟桥起始，贯穿冬木町，沿着仙台堀延伸出去的这一条叫福砂大街。此外，从清洲桥往东，与小名木川并行，横跨中川的这条路则称为清砂大街。这两条新建的道路均由西向东，横过深川一带。另有三条纵贯南北、电车不通行的新街道。新街路面宽广，两旁的人家显得很矮小。随处可见荒凉的空地，还有一望无垠的青空，映入眼帘的除了浮云之外，就只有远处悬挂着的吊桥钢骨与煤气罐。瞧不见鹰与乌鸦飞过的身影，只听闻远处工厂发出犹如风声般的沉钝声响。即便正午时分，路上也几乎看不见一个行人，偶尔疾驶而过的公交车上，只能瞥见一脸睡意的女乘

1　鹤屋南北（1755—1829），活跃于江户后期的歌舞伎剧本作家。

务员。我望着被晚霞染红的云朵，欣赏着皎洁明月时，抑或是沉思默想、随意漫步时，总觉得再也没有比这里更令人舒畅的道路了。从此，我每次有事前往下町，返家前总会散步到这条离深川的热闹地方有些距离的砂町新街道。

某日，我散步时忽然想起纪尧姆·阿波利奈尔[1]的一篇小说《坐着的女人》：一名乡下青年前往巴黎发展，如愿成为艺术家，后来他回到被炸弹摧毁的故里，没想到原本平静的乡下村落，竟然成了物产丰饶的崭新城镇，内心萌生哀愁之情的同时，也感受到一缕希望。这部小说深刻地表达了随着时势变迁，审美观也会随之改变的观念。

灾后的东京急遽复兴，市容的变化翻天覆地。当我见到铺上柏油的新道路，迎向新时代的深川时，不得不提醒自己是该有所觉悟，抛却旧时代的审美观了。

木场町还留有往昔的沟渠，我看见如山般高大、标有西洋文字符号的美国松树时，想起今日不知是谁说过，这地方"宛如伏见的桃花"。耳畔响起汽船疾驶的声响，却再也没人想起"桥墩上开了菜花"的码头了。看来，以往从八幡宫后头流至和仓町的油堀沿岸有码头这件事，也只能在梦中回想了。

虽然冬木町的弁天社遗址就位于新街道的路旁，但如今又有几个人晓得这里有座刻着"月色皎洁，多想重返不问金钱名利之时啊！"的知十翁[2]的俳句碑呢？（顺道一提，虽然冬木町的名称也曾被

1　纪尧姆·阿波利奈尔（1880—1918），法国诗人，超现实主义的先驱。

2　知十翁（1860—1932），本名冈野知十，活跃于明治时期至昭和初期的俳人。

弃用，但因为当地居民不舍这名称，加上考据学家岛田筑波调查了旧时的记载，印制成小册子刊行散布，极力为其护名，冬木町才得以逃过改名之祸。）

经过冬木弁天前，走在望不见尽头的福砂大街上，然后沿着仙台堀往前直走，便来到大横川的河岸。仙台堀与大横川这两条河流的交汇处，有个引入运河水的大型贮木池[1]，河上交错着好几座水泥造的大小新桥。来到这一带，运河水变得清澈，也没有那么多货船往来，行经桥上的卡车亦不多。无论是水路还是陆路，目之所及尽是木材与铁管。从河川方向吹来一阵带着木材香的凉风。深川这处以往被称为"六万坪"，来到这里，没想到空气竟然出奇新鲜。

当我走过崎川桥这座新造的水泥桥时，看到对面有两棵被烧得如炭一般黑的枯树，以大桥为背景，从只长着些许芦苇的水边朝天际耸立。那是地震时惨遭烧毁的银杏还是古松树？因为这两棵好似庞然大物的枯树，单调的运河景致突然添了些活力。与此同时，远方迷蒙的天空和工厂建筑物所构成的背景，暗示着此处正构筑着一幅暗色调的新时代蓝图。水泥桥上有个人，像是木材仓库的守卫，他身穿西服，一脸穷酸模样，和一个背着婴孩的年轻女人并肩走着。伴随着脚步声，他们在水中的倒影慢慢掠过映照在水面上的桥影。忽然从远处的工厂传来了傍晚时分鸣响的汽笛声……不知为何，我

1　贮木池指储放各种原木的水池，常与水道连接，便于运送木材。

觉得像在聆赏我喜爱的作曲家古斯塔夫·夏庞蒂埃[1]创作的歌剧。

水泥大道越过大横川之后，朝东边延伸，横跨十间川，直入砂町的荒地。砂町是离深川繁华地段不远的寂寥城镇，看来，我也要在自己喜欢的兼葭之间寻求寂寞了。要是有机会的话，我想写篇砂町之记。

甲戌十一月记

1　古斯塔夫·夏庞蒂埃（1860—1956），法国作曲家，歌剧《路易丝》是其成名作。

　　深川位于现今东京都江东区。正如荷风在文章开头所提到的，为了
到友人在中洲开的医院看病，他总是走过清洲桥——这是在 1928 年（昭
和三年）建设完成，跨越隅田川，连接日本桥中洲以及江东区清住町的
大桥——在深川旁散步。

　　除了造访医院之外，荷风的老友井上哑哑（本名井上精一，小说家、
俳人，1878—1923），也就是文章中所提的 A 氏，曾居住在深川数年，
并于 1923 年逝世。荷风尊敬这位自中学时期便相识的老友，哑哑的逝去，
也许是荷风时常散步深川的原因之一。此外，荷风与深川还有其他缘分。
二十出头的荷风，曾拜落语家第六代朝寝坊梦乐（1859—1907）为师，
甚至曾在深川名为"常盘亭"的寄席（落语等技艺的演出场地）登台演出。
但据说后来被家人发现而被强行带回家。

　　新大桥、清洲桥、永代桥……荷风用许多"桥"贯穿了这篇文章。
对位于隅田川旁的深川而言，"桥"的确是不可或缺的角色。

　　荷风一向喜爱东京各处的水景，正如他曾在《日和下驮》当中提到的：
"水自江户时代延续至今，是东京为保持美观最珍贵之要素。"而深川
的水景与桥梁，更交杂着他对旧友、对年轻时期的记忆。近百年后的今天，
深川仍滚滚而流，奔流不息。

辑二

随笔
念念不忘，旧时回忆

◎

一緒に昔の東京を漫歩しましょう

传通院

　　我记得自己还是六七岁时，曾目睹从芝山的增上寺调派至传通院担任住持的老僧，乘着系有紫绳的长柄轿子，在成群喜泪纵横的善男信女以及僧侣的护行下，通过那道门的光景。

我们无论如何都忘不了降生之地在记忆中留存的璀璨光影。

倘若这里是热闹的市中心，蕴含着无限荣光的泪水将会模糊我们的双眼，伟大的城市象征着一国的繁荣，我们定会对此加以守护。若是身处穷乡僻壤，我们抱持无限怀想的同时，也会感受到悲伤与爱怜。

每当时间前进一瞬，追忆便会多一分甜美。对城市以北的小石川丘陵，我的爱恋与思念一年比一年深沉。

直到十二三岁时，我还不曾离开自己出生的这座丘陵。那时的我不明白出于什么缘由，父亲卖掉位于小石川的家，举家在饭田町租房而居，后来甲午战争爆发，我们又迁居一番町，买下现在居住的大久保这块地。

后来，我因事经常从饭田町或是一番町大久保的家，经过小石川高台。当时不满二十岁，还是个学生的我，内心深处总会涌起像是读了无常的中国历史般寂寞悲伤、感觉一切恍如梦境的心情。尤其是经过自己呱呱坠地的旧宅门前，视线越过那熟悉的、密密麻麻的树枝，窥见宅子屋顶时，一想到原本写有父亲名字的门牌早已换成陌生人的名字，自己再也无法踏进旧宅一步，便想再度找寻年幼时在上面胡乱涂画的那堵墙，以及寻觅窗子下方的金鱼池。幼时一切回忆的痕迹，让我越发憎恶入住宅子的新主人。

我住的时候，这座宅子已经相当老旧。后来得知，新主人入住不久后，连门墙都整修了一番。换言之，我幼时回忆的痕迹早已在这尘世灰飞烟灭了……

*　　*　　*

寺院号称规模庞大的艺术作品，以伟大的力量令其所在之地显现出某种无可撼动的特色。巴黎有圣母院，浅草有观音堂。同样的，我的出生地小石川（至少在我心目中）也有传通院，它让小石川这个区域与其他城镇区别开来。在往昔的江户时代，传通院与芝山的增上寺、上野的宽永寺并称为大江户的三大古刹。

从地势上看，古刹传通院位于小石川高台的最高处，即中心点。小石川高台位于发源于关口瀑布的江户川的南边山麓。循着水道尽头往上的几条陡坡，便可以来到传通院。寺院东侧紧邻与本乡对望的富坂；北边可远眺冰川的森林，往下走可至极乐水；西侧是一片绵延的丘陵，从以钟声闻名的目白台，可来到因《忠臣藏》而闻名遐迩的高田马场。

我幼时的幸福回忆一如这里的地势，亦是以古刹传通院为中心，绕着周遭打转。

诸位能够想象当我听闻传通院被烧毁时，心情有多么绝望吗？记得那是我回国后不久，十一月某个阴沉寒冷的日子。我突然想起小石川的回忆，便在午后独自寻访多年不见的传通院。虽然附近的街景变得令人陌生，但古寺境内的模样一如往昔。我瞧见本堂那几十扇不知修补了多少回的旧纸门，寂寥地并排立于栏杆早已腐朽的走廊边上，那光景迄今仍历历在目。这是多么不可思议的缘分啊！那天夜晚，我从追忆往昔的散步中归来，进入梦乡，而本堂就在那个夜里被烧毁，全然化为灰烬。

我记得芝山的增上寺也是在那时被烧毁的。

约莫半年后，还是一年后，因为那时我没有写日记，所以记得不是很清楚。某天，我又去小石川散步，看见生于石缝的杂草被含着湿气的沉闷晚风吹拂着。

总之，偌大的建筑物不见了。境内犹如荒野般辽阔，沉闷的晚风仿佛在诉说世事无常般，得意扬扬地四处呼啸着。从烧得焦黑的枯杉之间，我看见一直被本堂遮住，隐身于后方的坟墓。有家康公[1]母亲的墓，还有某知名上人的墓，这些人我幼时不知听老者提过多少回。这些身份尊贵人士的坟墓如今立于荒烟蔓草中，倾圮的土墙里长出灌木与茂密芒草。不时还能听到倾倒的石门上爬满的野生爬山虎被无情的晚风吹得轻轻作响的声音，从中飘散出难以言喻的寂寥感。

1　家康公即德川家康（1543—1616），创建了幕藩体制，建立了统治日本长达二百多年的江户幕府。

仅剩下传说中水户黄门[1]斩犬所在的寺门幸免于难，但立于后方的背景，亦即本堂却不在了。只留下刻有许多美丽的弧形线条的屋顶，孤零零地耸立于阴沉天空下，那模样看起来反倒有一种未能殉难的遗憾与悲伤。门前立着竹栏杆，一旁列着为重建本堂捐款的人的崭新名牌，听闻不久后便会拿这笔捐款重建本堂，若是重建成犹如基督教堂的西洋建筑的话，又该是怎样一种进步呢？

我记得自己还是六七岁时，曾目睹从芝山的增上寺调派至传通院担任住持的老僧，乘着系有紫绳的长柄轿子，在成群喜泪纵横的善男信女以及僧侣的护行下，通过那道门的光景。在现今崇尚民主与实证主义的时势下，历史残存的美丽色彩越发被抹杀，只留存在落伍诗人的梦中。

*　　*　　*

安藤坂已被夷为平地，富坂未遭火灾的地方亦盖起了出租屋，徒留两三棵树木任人凭吊旧时回忆。保留住水户藩邸最后身影的炮兵工厂的大红门不知被拆卸至何处，陈旧的盖瓦土墙也已被改建成红砖瓦墙。描摹御家骚动[2]的绘本中的水门已不复在。

表町大街上的成排店铺大抵是新开的，有以往在这一带绝对看

1　水户黄门（1628—1701），即德川光圀，日本江户时代的大名，水户藩第二代藩主。同名作品《水户黄门》则是描述他漫游日本各地的民间故事。

2　御家骚动是指江户时代藩侯家族内部的纷争。

不到的西洋杂货店、西点店、西餐厅、西洋文具店、杂志店等，种类多到惊人，就连丝线铺与和服店里的商品也完全不同了。

以往那些怀里揣着印有流派家纹的柿子色包袱，从六尺町小巷前去学艺的姑娘的身影，如今在哪儿才能见着呢？何处才能听闻头戴草笠，来自久坚町的卖唱女子演奏的鸟追三味线呢？只叹时代变迁。以往还有在洗干净的头发上插着黄杨木梳子的年轻工匠之妻，掀开写着"松之汤"或"小町汤"的布帘，走出澡堂。如今在这些街道的角落，见到的则是一群群女学生，发出带着乡音的赞叹声，目送着电影宣传的队伍。

如今还有谁知晓，在那样的时代，偏僻的小石川高台曾出了一位让当地居民引以为傲的舞蹈名人坂东美津江呢？还有因为违背师训而在演艺场弹曲的三味线名人常盘津金藏[1]。这两位令人津津乐道的名人皆来自小石川。现今某些评论家或许认为我之所以热爱艺术，是因为游访过巴黎，其实我之所以热爱巴黎的艺术，从中获得热情（Passion）与狂热（Enthousiasme）等根本力量，就像法国人热爱莎拉·伯恩哈特[2]，意大利人热爱埃莉诺拉·杜丝[3]一样，是因为我深受当时年轻人崇拜坂东美津江与常盘津金藏的满腔热情的影响。催生

1　常盘津金藏应指常盘津金藏初代，三味线艺人，生于1846年，卒年不详。

2　莎拉·伯恩哈特（1844—1923），法国知名舞台剧和电影女演员。

3　埃莉诺拉·杜丝（1858—1924），意大利女演员，因扮演易卜生戏剧中的女主人公而著名。

出"哥泽节"[1]的江户末期唯美主义，培养了我品鉴二十世纪象征主义的艺术涵养。

*　　*　　*

比黄昏还要昏暗的入梅午后，牛天神林荫下绣球花初绽时，秋日天色向晚，乌鸦于泽藏稻荷神社的楸树上聒噪，落叶即将凋零时，我拄着杖，散步至传通院，坐在门外大黑天的台阶上稍事歇息。我抚摸着一直供奉于堂内的宾头卢尊者像。幼时在故乡小石川经常看见、时常听别人提起的那些人，如今又如何呢？我不禁回想起往事。

其实除了母亲与乳母曾告诉我的桃太郎与开花爷爷的故事以外，最初激发我的浪漫情怀的人，就是总会在大黑天神庙会上表演傀儡戏与说书的两位老人。

当然，我不知道他们的来历，但从我出生后第一次晓得有庙会这档事起，直到我离开小石川，即便历经无数个寒暑，出现在油灯下的那两个老人的面容始终不变。因此，同样是甲子夜的今晚，他们或许会在同一个地方出现吧。

演出傀儡戏的老人患有眼疾，总是一副颓丧的模样。他像盲人唱悲歌似的，一面打着拍子唱着"本乡驹込吉祥寺卖菜的阿七，恋上小厮吉三……"，一面拉动绑在绘板上的细绳来操纵木偶。说书

1　哥泽节为江户时期的一种民间调子，分为寅派（歌泽派）与芝派（哥泽派）。

的老人则牙齿脱落，眼神凶狠，一脸穷凶极恶的样子。他们像是来自遥远的异乡，总是裹着绑腿，衣服塞进裤腰，腰间低低地系着真田三尺腰带，腰带上还挂着夜归时用的弓形灯笼。逛庙会的人三三两两地朝这儿聚集后，叼着烟管蹲在路边的老人就会站起身，点燃油灯，一面环视周遭围观的人，一面将手上的扇子要得啪啪作响，用力地吸两三下鼻子，大声地朝地上吐口痰。一开始以低沉沙哑的嗓音唱念，嗓门随后逐渐变得高亢起来。

"……女人'哎呀'一声惨叫，只见从赌场归来的三本木的松五郎喝得烂醉，摇摇晃晃地走向漆黑的松树林……"

每当故事迫近高潮，老人便话锋一转，扯些不相干的事，意味着要向围观的群众讨些赏钱。观众自然也深谙此道，早在老人将半开的扇子伸向自己的鼻尖前，便陆续逃之夭夭。只见老人朝着来不及开溜的人，正颜厉色地数落道："那些家伙以为别人不用吃饭也能活，是吧？真是一群吃干抹净、说逃就逃的混蛋！"这番随机应变的狠话总是惹得在场众人发笑。看见无辜孩子往前挤时，老人又开口斥骂，然后自己也觉得可笑，又大口地朝地上吐痰。

庙会还让我忆起另一个人，那就是住在富坂下蒟蒻阎魔神社附近的一名盲眼女艺人。看她弹奏三味线的模样，似乎是为了借此乞讨而仓促学艺。她约莫十五六岁，长得人高马大，坐在点着油灯的草席上，一整晚都在弹奏走了调的《数数歌》。因为那模样着实可笑，过往的人们大抵会停下脚步投点赏钱。后来盲眼女艺人因为拜名师习艺，两三年后已经能弹奏《春雨》《春日梅》等曲子，某日却再也不见其身影。我家女佣不知从何处听闻了这件事，谣传她虽然眼睛看不见，却和人私通，还怀了身孕。

同样也是在庙会当晚，有个男人以表演单人相扑来讨钱。他一人不但分饰两名力士——名叫两国的西力士和名叫小柳的东力士，而且连裁判一角亦不假手他人。只见他轮流扮演东西力士，最后整个人赤身裸体地摔滚倒地。无奈的是，这场裸体演出不久便被警察加以制止，从此再也没见他现身庙会。

* * *

金刚寺坂有个名叫笛熊的木工师傅，娶了理发师为妻，后来改行去杂耍团吹笛子了。还有个按摩师叫休斋，他并非盲人，却患有夜盲症。他一心想学三味线，却因为心性不定，习不好艺；也曾想当个给人暖场的落语艺人，却苦无机会，遂走上按摩师这条路。其实从其经历看来，他也算是个能唱能说的有才之人。

般若阿留是个背上刺着般若鬼面的年轻木匠，总是扎个发髻，留着月代[1]，额头剃得干干净净，着实是个美男子。虽说当时不乏扎发髻之人，但以年逾四十的长者居多，因此，般若阿留犹如音羽屋扮演的六三与佐七，让我能以此缅怀往昔名师巨匠的最后风华，实

1　月代是传统日本成年男性的发型。从前额到头顶剃光，头皮露出的部分呈半月形。

在是没齿难忘的恩人。

服侍过水户藩藩主的木匠，其子迷上了一名在澡堂工作，好似从《白浪物》[1]走出来的，邻里皆知的浪荡女。作为江户时代的遗风，当时总会有脸上涂抹着白粉的女子坐在澡堂的二楼，与入浴的男人打情骂俏。比起江户末期的妖艳时代风情，在西洋画中经常出现的美女成群沐浴嬉闹的欢乐情景亦逊色不少。

*　　　*　　　*

随着整个东京的发展，小石川不消数年风貌便会焕然一新吧。犹记得初次读完从六尺横町的租书店借来的木版印刷的《八犬传》[2]时，冰川之流与大冢之森让当时年幼的我觉得格外神秘，不久之后这些地方也被抹得无影无踪了。我最后寻访位于茗荷谷一带的曲亭马琴之墓，也已是十四五年前的事了……

明治四十三年（1910年）七月

1　《白浪物》是歌舞伎的一出剧目，描述的是盗贼的故事。

2　《八犬传》是日本古典文学史上的长篇名著。作者为江户时代后期的曲亭马琴（1767—1848），他共花了28年才完成此书。

轻	**荷风**
知	**故乡**
日	**小石川**

小石川，旧时称东京市小石川区，位于现今的东京都文京区西半部。荷风1879年（明治十二年）出生于小石川，至他十三岁为止，除了中间有三年居住于母亲娘家，一年因为父亲工作的关系住在官舍之外，他在小石川度过了九年的幼年时光。

荷风搬离小石川之后，也时常回来探访，并且在许多作品当中描写了小石川的变化。《传通院》描绘的，便是位于小石川的佛教净土宗寺院，这里同时也是德川将军家代代祭祀祖先的寺院。传通院离荷风的出生地不远，荷风写道："巴黎有圣母院，……我的出生地小石川……也有传通院"，可见其在荷风心目中的地位。荷风1908年（明治四十一年）自欧美归国，造访暌违数年的传通院，没想到当晚，寺院本堂便遭大火烧毁。这篇随笔写于1910年（明治四十三年），当中记载的便是在那场大火前后，荷风造访传通寺的心境。

更令人嘘唏的是，二战时的空袭将小石川一带夷为平地，传通院也几乎被大火烧毁。现今的传通院，已是战后重建的样貌了。小石川的旧日风情，只遗留在荷风笔下了吧。

夏之町

比起吐着黑烟的红砖瓦制造厂，爱情小说的文章更为有趣美丽，遥远的日后也能给我留下更强烈的印象。即便是十年、十五年后的今日，每每听到类似竹屋、桥场、今户等地名的发音，我还是会突然暂别现在，任凭思绪驰骋在比自己出生年代还要久远的时代。

枇杷的果实成熟了，百合花早已凋零，白昼蚊虫嗡鸣的树荫下，就连盛开的各色绣球花也已枯萎。梅雨季一过，盂兰盆节的戏曲演出到了最后的节目时，人人都去避暑返乡了，于是炎炎酷暑的寂寞氛围占领了都市。

　　然而我从孩提时代，但凡每年的七八月多是哪儿都不去，留在东京消磨时光。最主要的理由是，东京土生土长的我，没有家乡故里可回；第二个理由则是，双亲照例会带全家去逗子或箱根度假，但我从那时便对文学、音乐深感兴趣，中学时期更是必须在双亲的眼皮子底下，耽溺于不正当的娱乐，所以总是以看家为由，留在东京。因此之故，仲夏时节可以说是一段逃离双亲监视、无上幸福的时光。我清楚地记得中学毕业前一年的事情，因为我将家人去逗子半个月的那段时间所发生的事，足足写了几十张纸，迄今还存放在我的小匣子底部。我模仿，甚至剽窃成岛柳北夹杂着假名的文体，穿插些汉诗的七言绝句，并于自叙的主角名字下方缀上游子或小史等字眼，描述不幸多病的才子舍弃都市繁华，独居海边的茅屋，过着聆听松涛的哀愁生活，还带点稚嫩的笔调，揶揄讽刺的口吻。全篇题名为《红蓼白苹录》，其中穿插了这么几首绝句：

已见秋风上白苹，

青衫又污马蹄尘。

月明今夜消魂客，

昨日红楼烂醉人。

年来多病感前因，

旧恨缠绵梦不真。

今夜水楼先得月，

清光遍照善愁人。[1]

　　今日重读此文，不禁喷饭。年仅十四五岁的少年竟然写出"昨日红楼烂醉人"这样的词句，如此文字游戏也挺令人惊讶的，不是吗？然而，近日阅读堪称十九世纪最坦白正直的诗人保尔·魏尔伦[2]的自传，读到这样几句：

Les sanglots longs

Des violons

De l'automne

　　"秋声悲鸣／犹如小提琴／在哭泣"，高踏派诗人魏尔伦最著名

<hr>

1　此处为作者原诗。

2　保尔·魏尔伦（1844—1896），法国象征派诗人，因处女作《忧郁诗篇》
　　而声名鹊起。

的《秋之歌》（*Chanson d'automne*）堪称是他最幸福时代之作，从他的传记可知当时他的妻子、友人皆有固定工作。再看此句"忆起往日之事而哭泣"，或是较为不显眼的这句"我们就像彷徨的落叶"，无一不是诗人的妙语。当然，我无意将自己与风靡一时的大诗人相提并论，只是觉得自己竟然和创作了忏悔之诗《明智》（*Sagesse*）的一代诗人有着相同心境，深感不可思议。

回想每年在东京过暑假的那段时光，我至今依旧耿耿于怀、深感不快的事，便是七月、八月这两个月被送至大川的游泳场。

时至今日，倘若有人问我大川的水流哪一处最浅，哪一处最深，还有涨潮、退潮时的水流在哪一带最湍急，我能逐一详细说明。可以说是拜当时的经验所赐。

夕幕落下，依稀还能听见远去的雷鸣余韵。雪白的巨型云峰被夕阳染红，飘浮在一望无垠的河水彼端，二者相互映衬。我伫立于吾妻桥的栏杆旁，看着溯流而上、顺流而下的往来船只。船只大抵是沿着右岸的浅草操控船桨，因为浅草的河岸一带为浅滩，涨潮时的水流多少会变缓。然而若是从位于中洲河边的两层楼房往下看，下行船只大多是沿反方向，也就是靠左侧的深川本所河岸航行，这是为了避开从大川口那儿径直朝日本桥一带猛刮的强风。也因为这阵强风，溺水的浮尸势必会随着风与潮水漂流至中洲一带的河岸边。

我的泳技是在教神传流[1]的游泳场学会的。靠近本所御舟藏的浅

1　神传流是日本的一门游泳技巧流派。

滩上，每年都会搭建神传流的游泳场。浅滩上芦苇丛生，原本退潮或是下雨天，本所一带的穷人家妇女便会来此挖蛤蜊，如今因为筑起了石墙，这里成了海湾新生的陆地。随着游泳场移至滨町河岸，我们的神传流小屋亦迁移至他处，也不曾再见到浅滩上的茂密芦苇丛。

一旦取得游泳合格证明，便能完全脱离教练的监督，于是我和伙伴一早便来到芦苇丛中的游泳场，脱去衣服，只穿贴身衣物般的泳衣，随着潮汐流向，往上游至向岛，往下游至田地一带，累了便爬到河堤边的石墙上稍事歇息，或是像狗儿般在岸边走来走去。

我们时常穿着泳衣跑去真砂座[1]站着看戏。结果在永代桥上遭巡查员喝住盘问，一行人不仅朝巡查员说各种难听的字眼，还挑衅地嚷着："要抓就抓啊！"然后四五个人跨过桥上栏杆，倒栽葱地跳进河里，等了四五分钟才全然浮出水面，一起吵吵嚷嚷，放声大笑。

即使到了无法游泳，也不宜裸体走在河畔的时节，除了待在中学教室之外，多半时间我都是和喜欢游泳的朋友一道划船。

我们当然是划小船，因为至少要四五个人才能划，而且一旦众桨齐划，就算再怎么累也不能任意停手，所以爱偷懒又任性的家伙都会选择可以轻松操控的荷足舟[2]。那时，不少人也将小船叫作"bateira"[3]。要是向浅草桥的野田屋与筑地的丁字屋租船，"bateira"

1　真砂座是明治时代位于清洲桥附近的著名剧场，现已拆除，立有纪念碑。

2　荷足舟是一种日式船，又称茶船，是在河川与港湾运送货物用的小船。

3　明治时期寿司店以形似小船的器皿装盛寿司，并取名为"bateira"。

与荷足舟一天的租借费差异颇大。

除了周末假日，放学后我们总是抱着书包冲出去划船，藏前的水门、本所的百本杭[1]、代地[2]的料理屋旁的栈桥、桥场的别墅石墙，或是小松岛、钟渊、绫濑川等地的茂密芦苇丛中都有我们的身影，有时我们还会在船上讨论代数、几何学作业。此外，我们也曾把藏在课本中的《梅历》[3]和《小三金五郎》[4]中描述景色的文字与河川上的景致加以对照欣赏。

青春年少时代的种种体验，让我这辈子就算承受多少激烈的新思潮的冲击，恐怕也无法抛离江户文学，忘怀隅田川的自然美景。

钟渊的纺织公司与帝国大学存放船艇的仓库，是我还不熟悉隅田川之前就已建造的场所，虽然这些新势力日复一日地侵占河堤、田地、河岸与茂密的芦苇丛，却夺不走我内心的种种体验。比起吐着黑烟的红砖瓦制造厂，爱情小说的文章更为有趣美丽，遥远的日后也能给我留下更强烈的印象。即便是十年、十五年后的今日，每每听到类似竹屋、桥场、今户等地名的发音，我还是会突然暂别现在，任凭思绪驰骋在比自己出生年代还要久远的时代。

就算再怎么深受自然主义理论的影响，我还是无法以现在的模

1 百本杭位于东京都墨田区，现为遗迹，原意是百根木桩。

2 代地是江户幕府时代政府强制征收的土地。

3 《梅历》即《春色梅历》，日本江户时代通俗小说的代表作，作者是为永春水。——编者注

4 《小三金五郎》是歌舞伎的经典作品，这里指该剧的剧本。作者是曲山人，江户后期的剧作家。

样看待隅田川。不过，自然主义时代的法国文学倒是丰富了我对于隅田川的幻想。莫泊桑在短篇作品中描写乘船赏游塞纳河沿途美景的文章，不由得勾起我学生时代的回忆。龚古尔兄弟[1]创作的长篇小说《在一八××年》描述月夜瑰丽美景的文章让我对于芦苇、水柳茂盛的绫濑一带的景致，提炼出更新、更纤细的艺术感受。左拉[2]名为《田园》的小品文，叙述了近来巴黎人爱上巴黎市郊塞纳河畔风景的缘由，恰巧启发我以自身经历，比较巴黎人与江户人的风流性格。

依据左拉的论述，相较于现今巴黎人逢假日必出游的心态，往昔巴黎人对于郊外风景并没那么感兴趣。我们在阅读反映时代风情的十七至十八世纪文学作品时，嗅不到半点现代抒情诗人歌颂"自然"的情怀，即是证据。直至卢梭[3]出现后，思想为之一变，诸如夏多布里昂[4]、拉马丁[5]、雨果等文学家对于大自然的感怀，才让人们开始亲近自然。起初因为希腊艺术而被神圣化的自然，或是遭法国古典文学漠视的自然，因为浪漫主义的热情而开始人性化。然而，雨果、拉马丁却不曾直接以巴黎郊外的自然风情作为抒情诗的题材。在此

1　龚古尔兄弟指爱德蒙·德·龚古尔（1822—1896）与他的弟弟茹尔·德·龚古尔（1830—1870），两人对于法国自然主义小说、社会史与艺术评论皆有贡献。

2　埃米尔·左拉（1840—1902），19世纪法国自然主义文学代表人物，法国自由主义政治运动的重要角色。

3　让–雅克·卢梭（1712—1778），启蒙时代的法国哲学家、思想家。

4　弗朗索瓦–勒内·德·夏多布里昂（1768—1848），法国作家、政治家，也是法国浪漫主义先驱、法兰西学院院士。

5　阿尔方斯·德·拉马丁（1790—1869），法国浪漫主义诗人、作家和政治家。

不得不提到保罗·德·科克[1]这位文学家，世人早已忘了他其实是个通俗小说作家，虽然他描写的对象并非郊外的景物，但是小说中以滑稽夸张的笔触，描写了五六十年前的路易·菲利普王朝时期，巴黎市民跨越狭隘窒闷的都市城墙，到郊外苍郁的森林散步，坐在草地上享用美食的情景。从那时起，社会的风俗逐渐改变，继保罗·德·科克之后，画坛开始兴起结伴游览巴黎郊外名胜的风潮。时至今日，众所周知，发现保罗所描写的默东美景之人，正是为了写生自然，破除古典形式的法国某派画家们。后来，多比尼[2]一直探索至上游的芒特，这让位于塞纳河畔、原本连地名都鲜为人知的郊外地区，忽然多了纷至沓来的人潮。后来发掘这处美景的多比尼决定转移阵地，溯寻瓦兹河这条支流，逃向远方的安特卫普；科罗[3]则是选择留在处处都是水洼、大树的阿夫赖城。

由此记事反观向岛与江户文学的关联，发现以时间点来论，江户人比巴黎人更早醉心于郊外美景。俳谐师将葫芦挂在腰际，结伴寻幽探访"略微感受到春色"的江东梅花，藏前一带的男人们则是坐在载有艺伎与醇酒的屋根舟[4]上，欢喜地远眺"桥场、今户一带，带有乡间风情"的河畔风光。

1　保罗·德·科克（1793—1871），法国小说家。

2　夏尔－弗朗索瓦·多比尼（1817—1878），法国巴比松派风景画家，印象派的重要先驱之一。

3　让－巴蒂斯特－卡米耶·科罗（1796—1875），法国著名巴比松派画家。

4　屋根舟是一种有顶棚的游船。

当初为了预防河水泛滥而修筑向岛河堤，并在上面栽植樱花作为装饰的江户人，与在城市里竖起林立的电线杆作为经营手腕的明治人相比，心胸是多么不同！

巴黎人迄今依旧习惯周日全家出游，坐在草地上啜饮葡萄酒。无奈我们身处的新时代却像绘画一般，总是把破除美丽的传统视为当务之急。

这两三天，我频频收到来自各方的明信片，比如寄自谷川的温泉旅馆、以海边松树为背景的照片等。好友皆照例出游避暑了，我却没有想去哪儿的念头。

檐廊的胡枝子变长了，看似柔软的叶面缀着水晶般的朝露；石榴花与百日红那仿佛燃烧着的强烈色彩，在午后的艳阳天下闪耀；隐身墙边，淡淡睡去似的合欢花，那蓬松的红色花丝随着晚风轻摇；还有单调的蝉鸣声，断断续续的风铃声……我依旧没有想去哪儿的念头。

*　　　*　　　*

莫泊桑的短篇小说《隆多里姐妹》的开头，描写了旅行中发生的种种不愉快：

……再也没有比移动到另一处地方更无益处的事了。要说在汽车上度过一夜的感觉，那就是在摇晃中入眠，无论是身体还是头部均饱受摧残。在移动的箱子里，时常因腰痛而痛醒，感觉皮肤上满是污垢，各种尘埃飞进头发与眼里。在有风不时刮入车窗的列车餐车上，吃着难以下咽的餐食。对我而言，这些就是旅行这个令人厌恶的娱乐活动的序幕。

以这辆急行列车为序曲，紧接其后的则是寂寥的旅馆，尽管住客不少，却显得空荡冷清。面对气氛诡异的陌生房间、怪异的床，寂寞感不断袭来。对我而言，再也没有比床更重要的东西了。床可以说是人生的一处神圣场域，人在上头赤裸裸地生活，柔软的羽毛被与纯白床单让疲惫的肉体重拾活力。

床也知道生命中最愉快的时刻，那就是恋爱与睡眠的时刻。床是如此神圣，被视为世上最令人愉快的东西，被人们崇敬着、深爱着。

因此，当我拉开、卷起旅馆床上的毛毯时，总是厌恶到浑身颤抖。昨晚谁在这里做了什么，又是哪个龌龊、可憎的家伙躺在这张床上呢？我猜想八成是常被人在身后指指点点、遭人嫌恶、丑陋伛偻、患有癣疥之人；或是从头到脚，甚至内心都极度污黑、肮脏之人；抑或是面对面时，便能从其身上嗅到一股蒜味或汗水之类恶臭的人。那些身心障碍、罹患传染病之人的汗水，聚集了人体的脏污和丑陋。

一想到自己就寝的床上可能躺过这样的丑陋之物，便觉得要将一只脚踏到那里，着实令人厌恶到难以言喻。

当然，这是西方旅馆的故事。日本的旅馆则是有过之而无不及，除了棉被同样令人心里发毛之外，厕所与每天早上梳洗的地方也极度不干净。

厕所的情形就甭提了。倘若在家里，当然不会让陌生人瞧见自己刚起床时蓬头垢面的模样。但投宿旅馆时，只能穿着皱巴巴的睡衣，腰间系着细衣带，偷偷摸摸地走向公用盥洗间。

洗澡的地方始终是湿漉漉的，甚至长出了触感滑溜的光亮青苔，地上还有随手一扔的断掉的牙签，上头挂着流不走的青绿色或灰色的痰液。腐朽的木板墙面残留着蜗牛爬过的痕迹，弥漫着一股厕所的臭气。

重视卫生的我为了避免遇上如此肮脏的环境，宁可多花钱投宿当地州县高官入住的高级旅馆，当然还少不了一笔为数可观的小费。倘若付小费便能解决所有问题的话，我倒也不觉得痛苦；一旦给了小费，旅馆便会送上回礼，离去时势必得叫辆车子才能带走，而这份徒有庞大体积的回礼，就成了回程路上的一大麻烦与负担。日本旅馆最令人不快的事，是旅馆老板和老板娘每日早晚的亲切问候，以及每次散步时老板娘的殷勤送迎。只能说，再也没有比旅途中才能体味得到的寂寥感受被剥夺，更叫人心烦疲惫的了。

就在我思索着要去何处避暑时，盛暑八月却已吹起了秋风。伴着因蚊香的青烟更显昏暗的长明灯影，我眺望着洒过水的小庭院，隔着帘子聆赏隔壁二楼的三味线。夏日赋予了东京这座城市最美丽的生活风情。在别具热带风情的日本生活中，生机勃勃而又闲适的夏日傍晚，绝对是其他国度的生活中所没有的。

虫笼、团扇、蚊帐、青帘、风铃、竹帘、灯笼、盆栽等，其他国家怎能找到如此别具巧思的器物与装饰品呢？它们为平素只有黑白单色、色彩贫乏的白木宅邸与房间内部，增添了难以言喻的轻快感。夏日傍晚也是日本女人最性感撩人的时节，女人刚洗完澡，穿着系有伊达卷细腰带的宽松浴衣，脸上略施脂粉，跷起一只脚的景象唯有此时才能见着。

沿着城里河堤散步的夏日傍晚，不时地感到自己仿若身处默阿弥翁的作品《岛衙月白浪》之中，沉醉在以清元伴奏的唱词所描述的、男主角于小妾住的地方瞧见雁金纹蚊帐的情境里。

观潮楼的先生[1]亦曾在名为《错染》的短篇小说里，模仿西鹤[2]的文风描写了浴衣以及柳桥之女的恋情。当时，有位别号叫正直正太夫[3]的评论家以其擅长的双关语，批评这篇作品："先生的《错染》还真是错染！"这段明治小说史上的逸事令我印象深刻。

记不清楚是何时（约莫是二十三四岁时），那时盛夏已过，我记得是在柳桥小巷某栋屋子的二楼。我本来想邀这屋子里的女子上哪儿避暑游赏，前去拜访，却屈服于窗外露台的刺眼阳光，不觉间在那儿待到傍晚的风迎面拂来。露台上，有好几件装饰有音羽屋格

1　观潮楼的先生指森鸥外（1862—1922），小说家、评论家，代表作《舞姬》。森鸥外晚年居住的处所名为观潮楼，现为森鸥外纪念馆。

2　西鹤指井原西鹤（1642—1693），江户时期的文学家，净琉璃剧本作者，代表作为《好色一代男》。

3　正直正太夫（1868—1904），本名斋藤绿雨，明治时期的小说家、评论家。

子[1]、水珠、麻叶花样的旧款和新款浴衣，随着河面吹来的风交相翻飞。从露台通往窗户那边的踏板上，摆着鱼缸、早已枯萎的牵牛花、石菖蒲，还有其他植物的盆栽。约莫八叠大小的房间里铺着柿漆纸，一组气派的矮柜依序靠墙摆在未设壁柜的那边，一眼望去是一排整齐的抽屉金属把手。面向巷子的窗边摆了四五个化妆镜，不时吹来的风吹得窗帘掀动不止，隔着狭窄的巷弄，窥看得到对面人家二楼的椟子窗。

化妆镜的数量显示，这里有四五名女子，只见每个人皆一身浴衣，系着细腰带，闲躺在地板上。两三个人一边嚷着"好热、好热"，一边还像小猫般紧挨着彼此。娴静不语的那位，被其他的人逗弄。不知是谁突然扯着嗓子怒吼了一声："我最讨厌别人碰我的头发了！"众女子还来不及争吵，楼下便传来蜜豆冰小贩的叫卖声，其中一人慌忙叫住小贩，一人倚着柱子，问用指尖弹奏三味线的另一位："哎哟！怎么啦？从这个音节开始才对吧！"

这群女人想坐起来，却又躺下；想闲躺一会儿，却又站了起来。船底枕翻倒在地，借来的小说、练习本四散一地。受宠的小猫一边摇着脖上的铃铛，一边攀着陡梯上楼。众人的情绪总算平复了，有人挥动着红色衣带，逗弄猫儿。

我默默地看着她们这副模样。单凭一件浴衣，便能窥见千娇百媚的年轻女人们柔美丰腴的身形，我像是在观赏描绘一群土耳其美

1　音羽屋格子是一种传统的日式格子式样，因歌舞伎演员尾上菊五郎（堂号为音羽屋）喜好使用而得名。

女坐在宫殿地砖上的油画一样，沉醉在异国风情里，又像是在吟味歌麿[1]的浮世绘，感受其中温柔甜美的情趣。

至今，我仍旧记得闪耀于左右窗子上的刺眼阳光，露台上翻飞的浴衣间的那抹白色，还有高远清澄的盛夏正午青空……

*　　　*　　　*

还是盛夏时节的事。我从建有成排运输批发商仓库的堀留町一带，朝亲父桥方向去。走到商家屋檐下一小片阴凉处时，听到从仓库之间传来与周遭景致协调一致、悦耳得令人不忍离去的长呗[2]。

这是年轻女子的歌声，伴随着高音的连奏。莫非是因为有此乐声，才催生出这片仓库的街景？还是这片街景为了刺激我的幻想，而让我听到如此悦耳美妙的长呗呢？现在的我无法断言。真正的乐痴如果没了华丽的歌剧舞台装饰，反而更能享受瓦格纳的音乐，但性质与歌剧截然不同的三味线，可以说是极为原始单纯之物，无法单凭乐器音色勾起听者对于音乐的幻想。就日本音乐而言，周遭景致是增进音乐效果的一项不可或缺的因素。

那天是艳阳高照的八月盛暑，无垠晴空的蓝色浓烈得快要滴落，在脏污的仓库屋顶上铺展开来。巷弄时而笔直，时而蜿蜒，从仓库门口望向屋后栈桥下方的沟渠水面，恰似从洞穴窥看外头般，水面

1　喜多川歌麿（1753—1806），活跃于江户时期的浮世绘画师，擅长画美人画。

2　长呗是以三味线伴奏吟唱的一种歌曲。

愈发显得闪耀生辉。绑着粗布围裙的搬运工蹲坐在仓库门口纳凉，拉车的马儿垂着鬃毛，眯起眼，无精打采地驱赶着成群的苍蝇。货运公司的店面十分宽敞，坐在柜台屏风与金库之间的年轻人正拨弄着算盘，除他以外再没看到有人出入。两三只灰色鸽子高傲地挺着胸，漫步在艳阳下的屋檐上。一两只不晓得从哪儿来的迷途瘦鸡，怯怯地啄着从喂食马儿用的干草桶里掉落在马脚之间的麦壳。没有一个行人。空气干燥，凉风微吹。

没想到印象中总是忙碌着的巷弄，竟然也有如此寂寞与沉滞的时光。我在强烈好奇心的驱使下，信步来到此处，只听见被连绵的仓库屋顶遮蔽的屋后，传来长呗的乐音。炎夏之日的爽朗寂寞中，两把三味线不断地弹着这样的拨音。

我觉得，再也没有什么时候比这瞬间更适合吟味用三味线伴奏的长呗了。长呗的趣味在于展现一中、清元等流派无法彰显的江户气质，即使拍子再怎么快，再怎么琐碎，也不减率直单调的特色，不会呈现过于浓烈、缠绵的情绪。在被称为俗曲的日本近代音乐中，没有任何音乐能像长呗一样，展现如此轻快鲜明的特色。

无论是表现恋情之苦与无趣浮世的端呗，还是奏响三味线的长呗，总能让我幻想一个唱着净琉璃的身影，抑或是一个未经世事、出身富裕人家的姑娘，抑或是一个任性骄衿却也有着温柔一面的商贾家的女孩。尽管是八月的艳阳天，我幻想中的女子仍是身穿带领子的黄八丈[1]，系着红色匹田绞腰带的模样。

毫无章法地随笔行文至此，再说一个关于我的夏日回忆吧。因为夏天水道的水温润不寒，所以我想用高台那边的深井水冲个凉，遂带着两三名下町女子同行。前往目黑的大黑屋途中，一行人循着茂密的竹林前行，走在成排老旧民宅的郊区小路上时，我忽然从半枯的杉树缝隙窥到栽植了少许草花的小庭园里，有一件应该是忘了收进屋的女浴衣垂挂在竹竿上。

除非是到下町这种特别的地方，否则绝对见不着这种露肩的浴衣。经过一番洗晒后，潜藏过往之事的浴衣颜色已然斑驳。曾经身边的青绿之物只有河边垂柳，就连蝉声也觉得稀奇的下町女人，来到这处无论是乘公交还是搭电车皆出入不便的贫穷市郊，听着秋雨，这颗逐渐衰老的心又会变得如何呢……如此漫不经心地思忖时，赫然发现自己身在这处只见得到寂寥的郊区小镇，不得不正视起人类的凋零、衰老、病故等种种悲惨的际遇来。

下町女人的浴衣，理应在东京各处举办庙会时，在灯光、盆栽与鲜艳花草之间欣赏。在煤油灯的油烟笼罩的庙会夜空下，河畔景致显得格外美丽。今年夏天，我是否该一如往年，留在东京呢？

八月也过了将近十天了……

明治四十三年（1910年）八月

1　黄八丈是八丈岛出产的一种以黄色为主色的织物，常用于制作和服。

下雪天

　　今天，雪又会下个不停吗？一想至此，便觉得自己仿佛
成了第二幕狂言的出场人物，脑海中顿时涌现出聆赏净琉璃
的情景。

明明阴天无风，寒气却比富士山刮来的寒风更刺骨。我靠着暖桌，下腹隐隐抽痛的日子已经持续一两天了。果然，从这天的傍晚时分，又开始无声无息地下起小雪。这时外面传来了木屐踩过巷弄水井盖的小跑声音，喊着"下雪啦"的女人声音，还有在大街上叫卖豆腐的洪亮嗓音，因为声音越发遥远微弱，我也不知道自己听错了没有。

每次开始下雪时，我就会想起没有电车、汽车的明治时代东京独有的街市风情。东京的雪，是在日本其他地方见不着的雪，还有一番不同于巴黎与伦敦之雪的情趣。巴黎的雪会让我想起普契尼的歌剧《波希米亚人》，而日本的雪则会让我想起一首众人皆知的哥泽节曲子《藏羽织》：

藏羽织，牵袖口，今日请别走。

倚窗格，拉门望，

漫天雪飞扬。

我总是会在下雪天，想起这首被遗忘的上个时代的小呗[1]，萌生想要吟唱的心情。歌词极为精妙优美，无一句赘言，比画作更加生动地描写了当时的迫切光景，以及绵绵不绝的情愫。对照那句"今

1　小呗是三味线乐曲的一种，是从端呗衍生出来的民俗歌谣。

日请别走"，以及歌麿《青楼年中行事》中的某些画面，便会对我的解说拍案叫绝。

我还想起为永春水的小说《辰巳园》中，描写男主角丹次郎前往深川的隐匿住所，与早已分手的情妇仇吉旧情复燃，享受鱼水之欢时，日落下雪想走又舍不得走的缠绵心绪。同样也是为永春水的作品《港之花》描写了另一个下雪的场景：被思慕之人抛弃的女人，隐世独居在水渠沿岸的一间破旧房子里，下雪天无炭可用；正暗自垂泪时，瞧见认识的船夫划着猪牙船经过，遂出声叫住他要了些煤炭来。我不禁感慨，上个时代的街市下雪时，一定会传来三味线诉说的哀愁。

我的小说《隅田川》约莫创作于明治四十一二年。当时虽然还不到梅花绽放的时节，我与年少便熟识的朋友井上哑哑还是相约去向岛赏梅。两人在百花园歇了一会儿，一回到言问桥，便瞧见河面一带暮霭弥漫，对岸灯火点点，雪从尚未黑透的天空悄然无声地落下。

今天，雪又会下个不停吗？一想至此，便觉得自己仿佛成了第二幕狂言的出场人物，脑海中顿时涌现出聆赏净琉璃的情景。那时，我和井上像是说好似的，静静伫立着，眺望着河川，看着天色逐渐昏暗下来。耳边突然传来女人的声音，往那个方向一瞧，长命寺门前的挂茶屋老板娘正在收拾摆在屋檐下凳子上的烟灰缸。店里有个土间的客厅已经点灯。

友人呼唤老板娘："能否给我们热一杯酒？倘若即将打烊，直接给一瓶就好！”只见老板娘一边取下包在头上的手巾，一边回道：“二位请坐！没什么好料就是了。”她将坐垫拿到客厅铺好。离近一看，是个将近三十岁，个头娇小，长相还算清秀的女人。

老板娘端来烧海苔和酒壶之后，亲切地问我们冷不冷，还搬来暖炉。虽然她那亲切、机灵活络的待客之道在现今并非稀奇事，但今日回想起来，还是很想再见一见那时的街市光景，回味那时的人情风俗。虽然事物逝去后便不再重返，但并非尽是黄粱一梦。

友人独酌一杯后，开始赋诗：

“下雪天，不喝酒之人，袖手旁观。”

他看着我的脸，显然在责备我不与之共饮，所以我也回道：

“不喝酒，犹如稻草人，只能赏雪。”

老板娘又送来一壶酒，我们便问她关于渡船的事，老板娘告知，渡船已过了最后搭乘时刻，蒸汽船则行至七点。我们稍稍宽心，不禁吟唱道：

“无船摆渡，赏雪跌滑，四脚朝天。借船为足，安稳独坐，静心赏雪。”

那时，随手记下所有见闻的笔记本，后来和成堆的废纸扎成一捆被我丢入大河。如今纵使下雪，那一夜的事也和人情温暖的过往时代以及英年早逝的友人面容一样，徒剩下隐约浮现的记忆。

＊　　　＊　　　＊

一到下雪的寒冷日子，便会想起有只黑色的山斑鸠总会飞来我家位于牛込大久保的庭院。

那时，父亲已逝，只有我和母亲住在空荡荡的家里。白昼已尽，冰凌依旧未融的寂寥冬日庭院里，不时会出现一只不知从哪儿飞来的山斑鸠。母亲每次看到这只山斑鸠，就会说：“看来又要下雪了。”虽然记不得究竟下雪与否，但不知为何，唯有一到冬季山斑鸠就会不时来到庭院一事，始终烙印在我的记忆深处。下雪的冬日，将近日暮时分，身心疲倦，心情亦变得郁闷寂寥。随着岁月流逝，也许这些逐渐淡忘的过往之事以及没来由的忧虑心情，是为了唤醒无法言明的追忆与悲伤。

又过了三四年，我卖掉牛込的家宅，辗转租住市区各处，后又搬至麻布，直至今日已住在此处将近三十个年头。母亲与家人相继去世，这世上已没有我的至亲。世间充斥着陌生人的难解议论、让人听不惯的言语和杂音。然而，以往山斑鸠飞来牛込的庭院时，那片昏暗的快要下雪的天空，迄今也会不时在每年入冬时，为我的寝室玻璃窗抹上一层灰色。

我忽然想，那只山斑鸠后来如何了呢？或许它一如既往，依旧漫步于老旧庭院的青苔上吧……忘记岁月的阻隔，回想起那天的事，我仿佛隐约听见不知从哪儿传来的母亲的声音：“看来又要下雪了。”

现实之肉身随着回忆前往梦中世界，投入的却是远眺着无法抵达的彼岸时那般绝望与悔恨的深渊……回忆是兼具欢喜与愁叹这两种情愫的神秘女神吧。

＊　　　＊　　　＊

步入七十大关的日子越来越近，在变成七十岁的糟老头之前，我必须努力活着吗？着实不想活到这个岁数。虽说如此，倘若今夜闭上眼沉睡后，就这么结束此生的话，我肯定既惊讶又悲伤吧。

既不想活下去，也不想就此去往另一个世界。这想法每日每夜在我心中出没，成了一方云影。我的心虽不晦暗，但也无法开朗，恰似下雪天那静静没入黄昏的天空。

太阳势必西沉，一日终将落幕，人也终有一死。

活着时，吾身体内的怀念之物如此寂寥，却也因为如此寂寥，人生才有了一抹淡淡的色彩。倘若死去，我希望死后也能有一抹淡淡的色彩。一想至此，便觉得能在冥界那条寂寞之河的河畔，和曾经与自己相恋的，还有分手后便忘却的女人们重逢。

啊！我死后亦如活着时这般，依旧必须为重逢、离别、分手的寂寞而哭泣吧……

那时，药研堀如同往昔江户画卷描绘的模样，两国桥也依旧横跨在隅田川上，通往旧米泽町河岸。航行于浦安水道的大型外轮蒸汽船，成排地停泊于东京著名的"一钱蒸汽"[1]栈桥旁，有时也会有两三艘停泊在其他的栈桥旁。

我当时给朝寝坊的落语家梦乐当徒弟已经一年多，每晚游走于市区各处的演艺场。那年正月的下半月，师父在深川高桥附近常盘町的常盘亭演出。

每日午后，我会前往师父位于下谷御徒町的家，帮忙打点家里的事，然后最迟于四点赶至演艺场的后台休息室。演出时间一到，无论助演人员是否已抵达，休息室的太鼓都会咚咚地响起来。站在门口负责看管鞋子的男人用发自丹田的声音，朝着走过他面前的人们大喊欢迎光临。我向柜台要来火种，将休息室与舞台的火钵生好火，等待上场的艺人鱼贯进入休息室。

那时从下谷到深川之间的交通工具，只有通往柳原的红马车，以及大川筋的一钱蒸汽。因为正月是一年中最寒冷的月份，加上白昼时间短，所以从两国搭船行至新大桥，来到六间堀的横町时，暮霭弥漫的川边城镇天色暗得尤其快，路旁民宅小屋已经点灯，从巷弄里涌出晒干食物的香味，人们行过木桥的木屐声传递出市郊的寂寥。

1　"一钱蒸汽"是指二次大战前，定期航行于隅田川的小型客船，一个区间船票为一钱。

忘不了那一夜的大雪。日头早已西落，我站在两国的栈桥上等待一钱蒸汽时，突然一阵风拂过面颊，夹杂着灰色的、细细的冰粒。从天黑起，依序走进休息室的艺人们，帽子和外套上便沾着白色的雪花。九点半演出结束，我目送师父搭车离去，走到大街时四周已经一片雪白，瞧不见一个过往的行人。

我和敲击太鼓的助演人员回家的方向并不同，每晚我都是和在下座[1]拉三味线的一个十六七岁的女孩一道回家——我已忘了她的芳名，只知她是立花家橘之助的弟子，家在佐竹。我们总是并肩走到安宅藏大街的尽头，过了两国桥，在和泉桥一带分开，之后我便独自从柳原走到神田，回到父母位于番町的家，静悄悄地从后门进屋。

每晚一起回家的我们都会经过本所，因为这一带多是寺院与仓库，路上显得格外冷清，却意外地令人觉得温暖。有的夜晚明月高挂，美不胜收。我们两人曾一起走过架在水沟上的小桥，目送鸣叫而过的大雁的身影；也曾遭狗儿狂吠，或是身后有奇怪的男子尾随，两人上气不接下气地拔腿狂奔；有时瞧见路旁小吃摊子点着的灯，两人吃碗红豆年糕汤、锅烧馄饨，饱食一顿；或是将热热的福饼、烤红薯揣在怀里，走过两国桥。我们两个，一个是二十一二岁的青年男子，另一个是十六七岁的姑娘，尽管两人自然而然地紧挨着，走在寒冷寂寥的深夜里，却从未被巡查员拦下盘问过。今日光是回想这件事，便晓得明治与大正以来的世道明显不同，至少那时世间

1　下座是位于舞台旁，负责演奏乐器的人员所坐的位置。

猜疑怨恨的目光不像今日这般锐利。

那一晚，我和她一如往常，走在熟悉的回家路上，或许是三步并作两步的关系，不一会儿木屐齿就被雪塞满了。风几乎要把伞夺走，暴风雪濡湿了我们的脸与和服。然而，那个时代的经济条件还不允许年轻男女穿和服外套，戴手套、围巾。贫穷人家出身的她比我还习惯如此恶劣的天气，只见她赶紧撩起下摆，手里拎着木屐，只穿着布袜子行走。她说反正不管是撑一把伞还是两把伞都会淋湿，不如两人共撑一把伞。于是我们俩握着竹伞柄，沿着路人家的屋檐下前行，不久便走到一处可以环视周遭的地方，那一头是伊予桥，这边是大桥。只见她突然一个踉跄，双膝跪地，纵然我想扶起她，也没那么容易。等她总算能够站起来，又险些跌跤，看来应该是只穿着布袜子的双脚冻到麻痹的缘故。

就在我们不知所措，无奈地张望四周时，忽然瞥见暴风雪中有隐约可见的荞麦屋的灯光，甚是欢喜。一碗热气腾腾的馄饨顿时让她恢复元气，能够再次走入雪中。我平常不喝酒，那晚也喝了温热的烧酒，借以抵御寒气，但因为足足喝了一合[1]多，醉意逐渐袭来，加上走在难行的雪路上，脚步越发踉跄。我的手原本还握着她的指尖，到后来竟然不知不觉地搂上了她的肩头，两人的脸贴近得几乎快摩擦起来。这一带果然如落语家所言，绕来绕去的，让人搞不清方向。究竟是本所，还是深川？我越发搞不清楚自己身在何方。这时，我

1　合是日本的度量单位，一合约等于一百八十毫升。

突然被什么绊倒，重重摔了一跤，好不容易才被女孩扶起来。一瞧，原来是木屐带断了。我俩瞥见路旁立着成排的竹子与木材，遂走过去，挨着一处黑暗的角落稍事歇息。风雪吹不进这里，从被雪照亮的道路上也看不见这里，可以说别有洞天。女孩平日里总是因为晚归遭继母斥责，这时她总算松了口气，抚着被雪濡湿的银杏返[1]发髻，整理了一下和服袖。她明白我是真的醉了，我也终于抛开了顾虑：两人在此自然而然地上演了一出通俗小说中的浪漫桥段。

第二天，我在街角堆起了雪人，虽然当时拼命将雪扫成小山，但我知道，不一会儿雪人、雪山就会逐渐融化变小，终至不留痕迹。没过多久，道路就已全干，一阵从河川刮来的风吹得沙尘漫天。过了正月，二月的某个下午，师父的演出场所从常盘亭移至小石川指谷町的演艺场，女孩当月也从下座换至舞台，也没来过小石川的演艺场演出，两人从此再也没机会相偕走在夜晚的归途。

我不知女孩的芳名，只知她家在佐竹，连门牌号码也不知。雪夜的余韵随着转眼即逝的雪，消失得无影无踪。

雨在城市飘落，

我的心也下着雨。

我模仿知名文学家魏尔伦的诗，如此作诗低吟，表达我当时的心情：

1　银杏返是日本女子常见的一种发髻样式，形状像银杏叶。

雪在城市飘落，

我的心塞满忧愁。

或是：

城市的雪消失，

回忆也了无痕迹。

……

向岛

一个周日的午后，我坐在纽约中央公园的长椅上看报时，有位绅士瞥见我，停下脚步唤我的名字，这人是谁呢？正是当年在浅草桥场岸边栈桥上垂钓的那名学生。少年时期的回忆，不知给当时的我们带来多少欢笑。

隔田川的水越来越混浊，恶臭扑鼻，后来我再也不想搭船游河了。回想起来，明治、大正时代的隔田川最是美丽。

那时，两国下游并排开着四五家用竹帘围起来的游泳场。傍晚时分，柳桥一带的艺伎会来游泳，这里显得喧腾不已。想起四五十年前，我们也是在这一带的游戏场学游泳的。那时，尚未掀起在镰仓一带建造别墅作为孩子玩乐场所的社会风气。约莫在我就读初中后一两年，天气稍微转冷时，无法下水游泳的我们便去浅草桥一带的钓鱼竿店租船，然后从两国划经向岛、永代，来到品川的炮台一带。然而，随着两三年的岁月流逝，这项兴趣逐渐被其他事物所取代，我也与同划一艘船的同学渐行渐远，其中还有人病故。时光飞逝，我甚至连他们的名字都想不起来了。那时，我们举家从我的出生地小石川搬迁至饭田町。后来因故路过那一带时，我不禁想起陈年往事，犹如忆起昨夜梦境。

浅草也在今户、桥场的河岸一带，从浮在河面的小船望去，岸上立着好几栋如同别墅般气派的宅邸，每一栋旁边都有一道栈桥，从布满石子的岸边朝河川中伸展。我们将小船系在这样的栈桥上，开始吃起便当，让酸疼的手臂得以歇息。某日，我瞧见有个学生在某栋宅邸的栈桥上垂钓，因为看上去与我们年岁相仿，所以从生疏变得熟络起来，在打过几次照面后，自然地互相打起招呼来。有一次，这个学生钓起一条像是鲫鱼的大鱼，鱼却跃进我们的小船。他朝我们大喊，于是由我按住鱼，众人将小船划向他站着的栈桥，彼此就这样熟稔起来。后来他在我们停船吃便当时，还用陶制茶壶泡些暖茶给我们喝。

岁月流转飞逝，不知不觉间我们开始厌倦划船游河，也不再跑去借船。再过些时候，我告别了在中学学习的日子，也从专门学校毕业，受雇于某家公司，飞往美国工作。一个周日的午后，我坐在纽约中央公园的长椅上看报时，有位绅士瞥见我，停下脚步唤我的名字，这人是谁呢？正是当年在浅草桥场岸边栈桥上垂钓的那名学生。少年时期的回忆，不知给当时的我们带来多少欢笑。

从桥场岸边眺望对岸时，可看见漆着"帝国大学"字样的船坞。每年河堤边花开时，就会举行学生的划艇比赛，不仅船坞附近人头攒动，周边也总是挤满了来看划艇比赛的人，可以说热闹非凡。我记得应该是在这一带的河堤上，有家卖言问团子[1]的小店，还立着一块记载堤上樱花由来的高耸石碑。走过团子屋前，下了河堤往右走，便来到民宅聚集的宁静街区。

我从西方留学回来后不久，突然收到一封我出国前在柳桥结识的女人寄来的信。询问地址后我前去探访，来到河堤下方一处宁静

1　言问团子是向岛言问桥附近的特产。

街区，这里以前居住的大多是小妾。

那时我约莫三十出头，遂邀约这名女子一起去浅草公园吃晚餐。后来每次从高台前往下町，搭船渡隅田川前去与暂居曳舟通的她相会时，总觉得这段路程如诗作般优美。那时隅田川的水尚且清澄，没有混浊与恶臭，有些搭船渡河的人甚至会站在船边，将手伸进河里洗。

来到曳舟这处郊区，百花园就在不远处，从百花园也可行至堀切附近的菖蒲园。尚未建造运河时，堀切这一带是一片小河蜿蜒、树林茂密的田园景致，还有四五处栽植菖蒲的庭园，每一处都是风雅之士熟悉之地。如今却成了田地被填埋的城镇，只剩下一两处菖蒲园，还必须买张颇为昂贵的门票才能入园游赏。

时至今日，向岛不再是腰间系着葫芦的风雅人士挂杖游逛之地，而是成了开车参观工厂制品的途经之地。

钟声

　　风向随着季节改变，从春天变成夏日，因为邻近人家的门窗均敞开着，所以从四面八方涌起的广播声随着东南风，从早到晚甚至深夜都包围着我家——拜此所赐，我暂时忘却了熟悉的钟声。

位于麻布的老宅二楼，常能听得到钟声。

钟声不会太远，也不会过近，亦不至于妨碍我思索事情。当我陷入沉思，就会听到这般沉静的音色；当我脑子放空，什么也不想时，感觉更恍惚，仿佛做梦似的。那是犹如西洋诗中所说的，摇篮曲般悦耳温柔的声响。

我从声音传来的方向，推测应该是芝山的钟声。

芝山的大钟以往是摆在山路上，如今移了位置。现在的钟是在增上寺的寺院境内，但不清楚具体是从哪里传出的声响。

我已在这房子住了将近二十个年头。当初搬来时，一旁的绝壁下方残存着几户茅草屋顶的民宅，白天不但听得到鸡啼，听到钟声的次数也比现在频繁。但无论我怎么试着回想，也寻不着那时听着听着逐渐陷入沉思的记忆。或许是因为十几年前聆听钟声时，身体尚未衰老的缘故吧。

然而大地震后，不知从何时开始，钟声听起来却是如此陌生，仿佛昨日才初次听闻。今天我又期待着，想再听一次。

钟声倒是不分昼夜，每个整点都鸣响一次，无奈却被车子声、风声、广播声、飞机的轰鸣声、扩音器发出的声音盖过，结果极少传至我耳里。

我家位于绝壁上头，从后窗可以远眺西北方的山王与冰川的森林。冬日，从西北的富士吹来的风，刮得绝壁上的竹林与庭院里的树木激烈摇晃，不单是窗子，连房子也摇晃起来。风向随着季节改变，从春天变成夏日，因为邻近人家的门窗均敞开着，所以从四面八方涌起的广播声随着东南风，从早到晚甚至深夜都包围着我家——拜此所赐，我暂时忘却了熟悉的钟声。

依这些年来的经验，钟声最让我感到欢喜的时节是冬季。伴随着连续两三日的刺骨寒风，短暂的白昼在黄昏来临后迅速消逝。寒夜更加寒冷，四周越发沉静。在灯火下，我独自拿起筷子，准备享用晚膳。大钟一撞，"锵！"的声音在我耳畔回响。我惊愕地拿着筷子，不由得回头瞧着传来钟声的方向，望见长庚星寂寥地浮在深不见底的神秘夜空，枯萎的树梢上挂着一弯弦月。

不久，日照时间终于变长了，夕阳西下的黄昏时分，白昼逐渐消逝，夜幕尚未完全降临。这时无论是读书还是写字，皆令人感到厌倦。即便到了点灯的夜晚，我也没有任何想做的事，也没有任何乐子可寻。这时突然传来的钟声诱使我胡乱想起过往之事，丝毫未觉托腮的双肘早已麻痹。当然，有时我也会拿出友人的遗作，彻夜拜读。

转眼便是夏日。庭院里的植物枝繁叶茂时，家里因窗前浓浓的绿荫变得昏暗起来。尤其在下着蒙蒙细雨，雨滴从叶子末端无声无息落下的午后，传来比平常更缥缈、更柔和的钟声，像是从铃木春信[1]陈旧版画的颜色和线条中感受到的那种疲劳与倦怠。与此相反，到了秋日的尾声，在一晚比一晚力道更强劲的西风中，断断续续听到的钟声仿佛在吟诵屈原的《楚辞》。

昭和七年的夏天以来，随着世事变迁，钟声对我而言，对明治时代而言，成了无法忘怀的回响，那是述说忍辱与领悟之道的静谧啜嚅。

无论是西行[2]、芭蕉[3]、皮埃尔·洛蒂，还是小泉八云[4]，都会在他们的创作生涯或时代，侧耳倾听这样的回响、这样的声音、这样的啜嚅，但无论是古今历史，还是描述人生的传记中，都不曾提及轰鸣钟声能够促使一个人奋勇前进。世事变迁是种不可思议的力量，它和天地异变的力量同样强大。佛教的形式与僧侣的生活早已有了改变，我听到的，亦不再是芭蕉与小泉八云等人听闻的佛寺钟声。如此看来，就连僧侣夜半起床敲钟的习惯，也不见得能一直持续下去吧。

当我偶尔听到钟声时，也会怯怯地想，或许我是最后一个怀着和古人一样的心情听这钟声的人了吧……

昭和十一年（1936 年）三月

1　铃木春信（约 1725—1770），江户中期的浮世绘画家。

2　西行（1118—1190），平安后期的武士、僧侣、歌人。

3　松尾芭蕉（1644—1694），江户前期的俳谐连歌诗人。

4　小泉八云（1850—1904），爱尔兰裔作家，出生于希腊，后移居日本。新闻记者、小说家、日本民俗学家。

偏奇馆

1920 年前后，荷风在麻布区（现今港区）买了一块地，盖了一间两层楼的木造西式建筑，从筑地搬迁至此。由于建筑外表涂了油漆（日文称"penki"），所以荷风套上汉字称它为"偏奇馆"。为了配合这栋西式建筑，荷风还将日常穿着从和服换成了西服。他在此独居二十余年，写出了许多著名作品。1945 年，偏奇馆因战争遭空袭而被烧毁，六十六岁的荷风其后因避难过了一段四处流浪的日子。

偏奇馆位于崖上，荷风曾述说从自家庭院往下眺望，景色有如经营温泉旅馆的城镇一般。但近年来当地因都市开发，早已见不到荷风从前所眺望的景致，取而代之的是巍然耸立的高楼大厦。偏奇馆遗迹位于现今港区六本木，搭乘东京地下铁南北线至"六本木一丁目"便可抵达，当地仅存一块介绍荷风及偏奇馆的石碑。

附带一提，荷风曾于 1944 年认堂弟大岛一雄的儿子永光为养子。当时荷风年逾六十，永光十一岁，认养据说是为了解决遗产问题，永光仍然与亲生父母一同生活，因此两人终究没有建立亲密的关系。1956 年，永光在银座开了一家酒吧，称之为"遍喜馆"（与"偏奇馆"日文读音相同）。永光甚至于荷风逝世之后，移居到荷风生前最后的居所（市川市八幡），保管荷风所有的遗产。永光于 2012 年与荷风逝于同一居所。

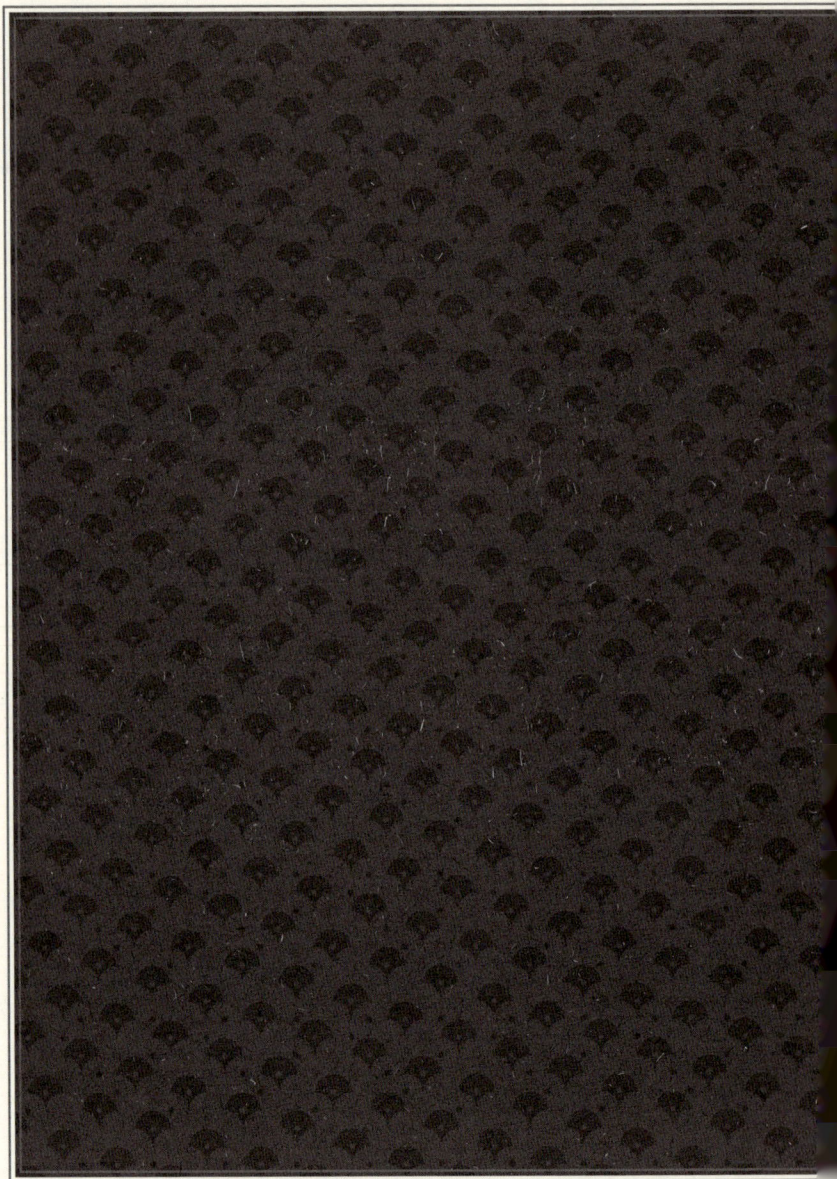

辑三

小说

世间冷暖，悲欢离合

◎

一緒に昔の東京を漫歩しましょう

饭团

　　年轻太太回过头，脸上浮现出惊喜的神情。仔细一瞧，今日的她比初次在葛西桥下见到时，美丽动人多了。年约二十二三岁的她，因为身边没带着小孩同行，越看越觉得像是尚未出嫁的年轻女子。

深川古石场的警防团成员，亦是杂货店老板的佐藤在三月九日夜半的空袭中，拼命从大火中逃至葛西桥附近，频频眨着从头巾里露出来的红肿双眼，看着渠道堤防旁的草色与水流，确定自己已逃过一劫。

　　一时之间，佐藤不知自己该往哪儿逃，毫无头绪。没看到背着孩子逃命的老婆的身影，佐藤只好朝着逃命的人潮拼命喊叫，可还是不晓得妻儿身在何方。整夜狂吹的西南风卷起漫天烟尘，不断蹂躏着人潮。他无法回头，也难以前行，只能边喘着气，边被人潮推着一个劲儿地往前走。人潮退却后，佐藤感觉总算能喘口气了，可他累得连一步也踏不出去了，就此蹲下，再也无法站起来。佐藤一回神，察觉到自己的背包里塞满了衣物与食物，赶紧取下背包，踉跄地慢慢起身，张望四周，这才明白自己究竟身在何处。

　　渐成缓坡的宽敞道路尽头，立着粗粗的桥栏杆。万里晴空，风呼啸着，刮起路上的沙石。堤防下方立着烧剩的树木，只剩下焦黑柱子的小屋在风中摇摇欲坠。只见沐浴在沙尘中的男女老幼坐在成堆被丢弃的寝具、矮柜、包袱当中，彼此紧紧相依。有人在照料伤者，也有人平静地吃着东西。佐藤瞧见两辆载着巡查员与护士的卡车，从桥的彼端朝他逃出来的火场方向驶去。此起彼伏的呼喊声中，狂风里孩子的哭声听来更显得哀伤。佐藤听着这些嘈杂声，心想或许是半途走散的妻儿发出的声音，赶紧背起搁在脚边的包，循着声音的方向走去。

随着从天际洒下的晨光越发明亮，不知从哪儿来的避难人员越来越多，却没一个佐藤熟悉的面孔。咽喉干得受不了，又饱受寒风狂吹，佐藤只能重新背起行囊，行至渡桥口。他的眼前是连接着大海的广阔的荒川渠道，桥下有几艘没被烧毁的钓船系于枯萎的芦苇丛间，隔着缓缓水流的对岸是苍郁的松树，后面是茂密的树林，周遭看起来平静得令人难以置信。无论是桥上、堤防上，还是河边沙地，到处徘徊着捡回一条命的人。佐藤走到水边，摘下头巾，卸下行囊，没有洗脸，而是洗了洗眼睛，拂去烧坏的衣服上的污渍，伸长僵硬酸痛的双腿，就地躺了下来。

只见一旁有个穿着沾满泥土的劳动服、用头巾裹住脸颊的年轻太太，身旁还有个戴着头巾的四五岁女孩。年轻太太抱着大包袱蹲着，眨着同样红肿的双眼。

"请教一下，去东阳公园的人还没回来吗？"她问道。

"不清楚呢！大火应该还没扑灭吧！太太，你是住在那一带吗？"

"是的，我们住在平井町，一家人虽然逃了出来，却在半途走散了。不晓得其他人去了哪儿。"年轻太太噙着泪说着。

"现在局势未明，还是一片混乱，我也和妻儿走散了，不晓得该怎么办啊！"

"唉，我也是，这下子该怎么办啊？"年轻太太啜泣着。

"没办法,得去看看被烧毁的地方成立町内会[1]了没。对了,太太,你们打算去哪儿？"

"我老家很远，在成田。"

"成田吗？不管怎样，还是去趟町内会，拿个证明书比较好。我休息一会儿再去看看。我住在古石场。"

"对了，我们在行德也有认识的人家，也想去那里看看。"

"行德的话，走路就可以到。与其去这附近的避难所，不如去那里比较好吧！我在市川也有认识的人家，不晓得那里如何，想去那里看看。现在这样子就跟乞丐没有两样，这也是没办法的事啊！"

佐藤露出一筹莫展的表情，看向狂风呼啸的天空。

从堤防那边传来呼喊声:"饭已经煮好了。请来町内会取用吧！"

佐藤在市川做笊篱[2]和笼子，跟着做批发生意的商店老板学做生意，还拜托对方租给他一间房间。他也会不时带着自己用竹子做的手工制品，背着附近人家做的竹扫帚，前去东京贩卖。每次他都会顺道回以前居住地的町内会，打探妻儿的下落，却始终没有消息。他想，至少也得知道埋尸之所，却连一点消息也没有。

1　町内会是由居民自行组成的自助、自救组织。
2　笊篱是指用竹篾或柳条等制成的、捞东西的用具。

逃过火劫的市川，国府台的森林嫩叶越来越绿，真间川堤的樱花不知不觉间散落一地。某日，佐藤一如往常背着笊篱，带着一捆竹扫帚，从省线[1]的浅草桥车站走到桥头时，瞧见逃离火灾那天早上，在葛西桥下一起吃着刚做好的饭团，后来便分道扬镳的年轻太太，看来两人应该是搭同一班车，只是她先一步出了车站。

走在后头的佐藤莫名想起那天的事，喊着："太太！"

"哎呀！那时真是承蒙您照顾了。"

年轻太太回过头，脸上浮现出惊喜的神情。仔细一瞧，今日的她比初次在葛西桥下见到时，美丽动人多了。年约二十二三岁的她，因为身边没带着小孩同行，越看越觉得像是尚未出嫁的年轻女子。包住脸颊的毛巾下垂着微卷的头发，她生得一张瘦长脸，皮肤白皙，姿态妩媚，一身用二手衣服改造的工作服，模样十分清爽。佐藤心想她背了个方形布包袱，若非外出采买物品，便应该和自己一样在行商。

"太太，你已经回到这儿了吗？"

"不，我还住在那里。"

"那里是指行德吗？"

"嗯。"

"那么，还不晓得那件事吗？"

"还是干脆别知道比较好，听说警察将一大堆尸体一起烧了。"

"这都是命，也无可奈何啊！我也还没打听到什么消息。"

1　省线是指日本原先由官方管辖的铁道线路。

"放弃打听也是没办法的事啊！毕竟我们也是迫于无奈！"

"你说得对。至少你的孩子还活着，这是多么幸福的事啊！不像我……"

"回想起来，总觉得像场梦似的。"

"发现什么好买卖了吗？"

"我边走边卖糖果，有时也会拿些蔬菜来卖，只能勉强喂饱孩子……"

"如你所见，我也是在做小生意。行德离市川并不远，要是有什么好买卖，我就通知你一声，你那边的地址是？"

"南行德町的藤田传云家，往八幡去的公交车可以到达。搭公交车到相川传云站下车，问一下就知道了。我们住在一个农户家里。"

"到了我再问问。"

"我在洲崎前的邮局存了一点钱，不过不多。不晓得领不领得出来。"

"当然领得出来，哪里的邮局都能领。灾民只要有存折，应该就可以领。"

"我家人把存折带走了。"

"这就伤脑筋了。没关系，我去那边时，再帮你问问。"

"不好意思，真是麻烦你了。"

"你今天要去哪儿？"

"想去上野那儿看看，从广小路到池之端那里好像没烧着。"

"那我们一起去转转看看，如何？下谷靠近上野那里好像也没烧着呢！"

时机好，天气也不错。两人边聊边来到逃过火灾的城镇卖东西，没想到生意特别好。来到山下时，糖果不知不觉间已所剩无几，竹扫帚卖得一把不剩，笊篱也只剩三个。两人坐在停车场前的石阶上，摊开带来的便当包裹，一起吃着饭团。

"那时吃的饭团还真令人难忘啊！正因为那种时候才吃得下啊！没煮熟的糙米，饭里还有沙子，还真是吓一跳呢！"

年轻太太分了些玉筋鱼佃煮给佐藤，佐藤则回了些煮豆子。年轻太太说玉筋鱼是在住家附近的浦安拿的，刚好可以做便当。

自从失去妻儿后，佐藤再也不曾像今日这样一边愉快谈笑，一边吃东西，内心着实欢喜不已。

"对了，你今后打算怎么办？难不成一个人过活？"

"是啊，该怎么办呢？现在只能想办法填饱肚子。"

"填饱肚子应该是不用担心咧！"

"男人的话，找工作不是什么问题，但我们女人家，还带着孩子，就不容易了。"

"所以，你看这样如何？我单身，你也一个人，我们也算有缘，是吧？那天早上一起吃赈灾粮，不觉得是种奇妙的缘分吗？"

佐藤生怕惹对方不高兴，边窥看年轻太太的脸色，边提议。

年轻太太什么也没说，既没觉得惊讶，也没一副为难样子，心情也没不好，嘴角始终挂着一抹惹人怜爱的笑意，一副晓得佐藤要说什么的样子，看着他。

"太太，你是叫千代子吧？"

"嗯，是的。"

"千代子女士，如何？要不要试着和我在一起？我们俩一起努力攒钱，共筑一个家吧！虽然战争的事不能大声说，但听说拖不了多久了……"

"就是呀！还是得赶快有个了结才行。"

"大火之前，你们做的是什么买卖？"

"我家经营洗衣店，经营得还不错哦！无奈一开战，生意就变差了。说到底，就是他爱喝酒……"

"原来如此，你先生是这样的人啊！不管是酒还是烟，我都不碰，这一点绝不输给任何人。"

"就是呀！一旦爱上酒，就无法戒掉呢！还因此交上坏朋友……虽然现在说这些也无济于事，但就是会让我想起不愉快的事。"

"酒和女人是分不开的。我看，肯定会有什么奇怪的人找上门来，说要一决胜负吧？"

"没错！而且谈判时的气氛不好，竟然挑在人来人往的地方……"

"我明白了。你还真是吃了不少苦啊！"

"唉，就是呀！要是没孩子的话，我还真是时常怨自己命苦呢！"

四周不是排队买车票的人们，就是吵吵嚷嚷要去别处的灾民，两人却丝毫不忌讳旁人的眼光。佐藤突然握住千代子的手，千代子也没有不情愿的意思，还主动将身子靠在佐藤的膝上。

　　一宣布停战，各个城镇的车站附近就开始出现了各式的摊贩。

　　佐藤与千代子两人在位于省线市川车站前的大街上，找到一处战争时商店就已撤走的空地，摆起卖关东煮的摊子。顾客不少都是很久以前便认识的人，佐藤的店在成排挂帘子的摊子当中，占据最靠近车站出入口，也是人最容易驻足的绝佳位置。

　　又是新的一年，不久便传出银行的存款被全面冻结这个令人震惊的消息。唯独对于领日薪的劳动者与摊贩而言，虽然物价高涨，但景况反而更有利，所以虽然街上商店日头一落便纷纷关门，但空地上的摊子却每晚开着灯，直到将近十一点。

　　那天晚上摊子也是营业到很晚，快到准备收摊的时刻，佐藤的摊前突然冒出一位带着女伴同行的男客。男人头戴猎帽，身穿夹克和半长裤；女人脸上画着柳眉，抹粉涂口红，留着一头卷发，围着蓝色围巾，穿着格纹外套。佐藤瞧见他们的模样，连忙招呼："欢迎光临，来一壶吗？"边说边拿起一壶温酒。

　　"可否来一壶没有勾兑的好酒，如果有的话。"

　　"这是高级品，您喝喝看就知道了。"

　　"那就好。"男人又拿了一个杯子，边替女人倒一杯，边说：

"你觉得呢？那个小子说要奋发图强，八成只是说漂亮话罢了。"

"我也是这么想呢！只是没想到他会那样，我才没多说什么。"

两人顾虑着周遭的人，悄声交谈着。就在这时，帘子掀开了，侧身走进来的，是每晚哄孩子入睡后就会来摊子帮忙的千代子。灯光下，千代子和摊前的男人冷不防四目相对。

两人脸上出现犹如电光一闪的惊愕与诧异表情，彼此像顾忌什么似的，沉默不语。

男人突然从口袋里掏出一沓钞票，说道："结账，多少？"

"三杯酒，"佐藤看了一眼小碟子说，"一共四百三十四日元。"

"不用找了。"男人扔了五张百元钞票后，随即抓着女伴的手臂，走出帘外。外头一片昏暗，一阵风吹进来。

"收摊喽！"佐藤双手拿起浮着卖剩的关东煮的大锅子，放到地上。千代子完全没听见佐藤这声吆喝，怔怔地目送客人们离开，突然说道：

"老公。"

"怎么啦？怎么脸色不太对劲啊？"

"老公，"千代子挨近佐藤说，"我没看错，他还活着呢！"

"活着？谁啊？"

"还会有谁，就是那个人啊！"千代子难过地说道，握住佐藤的手。

"就是那个人！绝对是他！"

"啊，就是你之前的那个人吗？"

"是啊！老公，怎么办？"

"他身边不是跟了个看起来很妖艳的女人吗？"

"谁晓得他们俩是什么关系呀！"

"看起来像有什么不正当的勾当呢！可能明天还会再来吧！"

"要是来的话，怎么办？"

"还能怎么办！就看你自己怎么想啊！要是他开口跟你复合，你会愿意吗？"

"这你大可不必担心。什么愿不愿意，你也真是的！你不是知道了吗？我的肚子里可是从上个月就怀了你的孩子。"

"我知道啊！既然如此，我也有个想法。你还是向他好好解释，做个了断比较好。"

"我不晓得他会不会干脆地和我了断。"

"这种时候不能说这种话吧！第一，就算和你有了孩子，但因为你尚未入籍，慎重起见，我先写封信告知一下乡下父老，你也应该做一件相对应的事才好啊！我没确定你的心意，怎么向家里的人说啊！"

两人回出租屋的路上，也在讨论应对前夫的方法，佐藤希望早日让千代子入籍。

隔天，等了一天一夜，两人都没瞧见那男人的身影。过了两天、三天，又不知不觉间过了一个多月，还是没再瞧见他。

季节更迭，原本卖关东煮和红豆年糕汤的小摊，开始变成卖冰的摊子。不久就是盂兰盆节。有些凉意的某个夜晚，千代子在即将收摊时，突然瞧见一个熟悉的身影，心想或许只是神似罢了，也怀疑可能是从另一个世界迷途来此的人。千代子越想越心里发毛，顾不得自己已是大腹便便，带着孩子前去法华经寺回向消厄[1]，又向寺院内供奉的鬼子母神祈愿安产。

某天，前往新小岩采买进货的佐藤归来，如此说道：

"果然如我所想，那个男的在开私娼妓院，已经在那里开了五六家，而且专找龟户那里家被火烧了的女人。"

"哎呀！龟户啊！"

千代子听到龟户这字眼，似乎颇为在意。

"他以前就常在龟户那里鬼混。不过，老公，你打听得还真是清楚呢！"

"那家店的后面是田地，表面上看好像没什么，但我瞧见女人在洗贴身衣物，正纳闷怎么回事，结果看到你前夫在搬动店门口的水井盖还是做些别的什么。"

"老公，你可真是好眼力呀！"

"不仔细看，还真看不出有什么不对劲呢！我这么做都是为了你，还花了不少茶钱，足足被敲诈了七十日元。"

千代子准备了烧饼和小菜，翌日又火速去了法华经寺参拜。

1　回向是佛教用语，指不独享自己所修的功德，转给他人。消厄即消除厄运。——编者注

羊羹

　　新太郎还听闻老板在木场经营木材批发生意，不知统制后政府下令冻结财产一事是否对其有影响，虽然如此惨事不见得会发生在老板身上，但新太郎一想至此，更想打听对方的下落，想向以往关照过他的人道谢。

入伍两年的新太郎归来，受雇于银座巷弄里一家名为"红叶"的小饭馆，跟着店里的厨师学习。然而统制[1]后的社会氛围全然变了样，银座的变化最为明显。

因为物资贫乏，东京的餐饮店没有一家能每日开业迎客，红叶也在门口挂了个休息的牌子，只做熟客与客人介绍来的生意。虽说如此，还是一休便连休十天，这下子凡是食材、蔬菜、酒、炭火和木柴势必得重买。随着战事的拉长，店里从休息一次，变成休息两次、三次，终至生意无以为继，老板娘也不敢奢望新客上门。

新太郎因为周遭的景况与世间传言，内心着实踌躇不已，心想自己究竟是再去应征前赴战地，还是选择去工厂谋生。当初幸好在这家饭馆谋得一职，成了能够独当一面的厨师，但继续待下去，也没有自行开店的前途可言。新太郎心想，干脆踏出这方舒适圈，或许还能挣得一片新天地。于是他下定决心，在昭和十七年岁末求得门路，从军去了国外，凭之前在军营的经验负责开车，就这样过了四年岁月。

停战归来后，放眼东京，四处都是惨遭焚毁的建筑。新太郎想

1　日本二战时期实行统制经济，在国内推行强制性干预和管制等各项政策。——编者注

找寻红叶饭馆老板娘与大厨的下落，却遍寻不着。新太郎的老家在从船桥町往北走几公里的乡下，迫于现实的他只好暂时回到老家，通过当地政府介绍，受雇于小岩町的一家运输公司。

一两个月过去，新太郎多少攒了些钱，再怎么奢侈地花销，口袋里也总剩着千元钞票。于是，从西服到鞋子，新太郎为自己添了些行头，每天除了工作之外，还会逛逛黑市，大啖美食，畅饮醇酒。

到了晚上，新太郎有时会和五六位好友睡在盖于田地中央的小屋里，有时则是趁闲暇时回到位于船桥的老家，顺道在黑市买几串十元一串的蒲烧鳗鱼当作伴手礼，或是买一元一块的糖送给附近的小孩，再塞些现金给母亲。

新太郎想让兄弟与邻居看看自己有工作不必为钱发愁的模样，让那些以往总是斥责、不满他的长辈瞧瞧自己现在飞黄腾达的样子。再也没有比这更痛快的事了。

光是争口气给乡下父老看，已经无法让他感到满足。新太郎开始怀念以往在红叶的厨房帮忙的日子，想见见曾痛斥他一顿的大厨上田，还有老板娘和老板，每晚都会来店里小酌一番的熟客，以及差遣他跑腿买烟并将找零给他当小费的客人。新太郎身穿与派驻美军士兵一样高档的纯毛料西服，脚上穿着战时士官穿的真皮长靴，头顶无檐帽，戴一副墨镜，一派年轻工薪阶层的模样。想念往昔日子的他，就连工作路上也在勤奋地打探这些人的消息。

大厨的家在下谷的入谷 [1]，新太郎特地去了趟当地的区政府打听，虽问到大厨租住的地方，却不知能否见着。红叶老板娘原本在赤坂当艺伎，那时她约莫二十四五岁，现在应该过了三十。新太郎还听闻老板在木场经营木材批发生意，不知统制后政府下令冻结财产一事是否对其有影响，虽然如此惨事不见得会发生在老板身上，但新太郎一想至此，更想打听对方的下落，想向以往关照过他的人道谢。新太郎的眼前浮现出生意兴隆时艺伎和客人喧嚷的模样，心想当年和老板娘同是艺伎的好姐妹应该有五六位，起码能和其中一位在哪里巧遇才是。这么想的新太郎就连开货车经过赤坂时，也会不时留意来往的行人。

某日，新太郎开车载着从东京的中野搬至小田原的客人的成堆行李，途经东海道时，在藤泽一带的路旁休憩了片刻，坐在松树下吃了点便当。此时，他瞧见一位气质脱俗的妇人牵着小狗走来。新太郎清楚地记得见过这只狗，却始终想不起狗儿和妇人的名字。只见他一手拿着便当站起来，朝妇人唤道："莫非您是去过红叶的客人？"又说："是我，您住在这一带吗？"

"哎呀！"妇人这么回应。她似乎也忘了新太郎的名字，只好含糊地问："你是什么时候回来的呀？"

"今年春天。对了，不知红叶的老板娘如何？我向町内会打听她的下落，无奈没有任何消息。"

1　下谷、入谷和下文的赤坂均为东京的地名。

"那家店逃过了火灾，但遭到强制疏散，所以店关了。"

"那么，店里的人没事吧？"

"暂时没事了。现在还在疏散地落脚呢！"

"疏散到何处呢？"

"千叶县八幡。我家里应该记过地址，写一下你的住址，我回家后寄张明信片告知你。"

"八幡是吗？难怪找不着。我在小岩的运输公司工作。"

新太郎捏扁了香烟纸盒，在上头写上地址，递给对方。妇人边念着上头的字，边问：

"小新是吧！转行还真是彻底呢！生意好吗？"

"非常好，工作多得就算好几个身体也不够用。麻烦您代我向其他人问好。"

新太郎这么说之后，便和助手一起纵身轻跃上了车。

终于有一天，新太郎早早结束工作，趁天色未暗，依着地址寻访红叶所在的疏散地。

从省线的车站经由国道，来到位于街角的巡查派出所，再经过有京成电车行经的神社鸟居前，出了八幡神社的松树林，沿着大水沟旁的道路，来到那位妇人告知的四五町。一路行经的景致从一般的民宅，相继变成别墅般堂皇的宅邸门面、屋顶铺着茅草的农家、田地与松树林。随后又进入蜿蜒的岔路，一时之间新太郎失去了方向。

时值初秋，不知不觉间夕阳西下，听着风吹着玉米秆的声音，耳畔回响着路旁的虫鸣，新太郎总觉得就算再找下去，光是看门牌上的名字，也还是不知道是否走对了路。慎重起见，新太郎决定再问一次路。就在他心想要是再寻不着，今日就此打道回府之时，瞧见两三个手持竿子、正在抓蜻蜓的孩子，遂叫住他们，其中一个孩子回答道：

"就是前面那户人家啊！"

另一个孩子也说："就是有棵松树的那户人家。"

"是吧，谢啦！"

新太郎望着孩子们告知的那户有扇小门的人家。他发觉自己刚才好像经过了这里，因为没有留神，所以错过去了。

道路两旁皆是大叶黄杨树篱，尽头还有几扇类似的小门。新太郎确认了门牌和松树后，走了进去，映入眼帘的是种了玉米与茄子的菜园，一直延伸至两层楼新房子的格子户前。

新太郎站在屋檐下的玄关口喊了一声，只见有个一身洋装、女佣模样的女人拿着小火炉走出玻璃门。定睛一瞧，正是在银座店里负责温酒的阿近。

"阿近姐。"

"哎呀！小新，你平安无事呀！"

"是啊！两只脚都还在呢！还请阿近姐通报一声，就说新太郎来访。"

不待阿近通报，从厨房走出来一位年约三十、一头卷发的妇人，她的中形¹浴衣上头系着旧衣服改成的半幅带²，这副打扮在东京很少能遇到。

"您好。我遇到赤坂的姐姐，打听到了这里的地址。"

"这样啊！来得正好，我丈夫也在呢！"老板娘朝屋内喊道，"老公，新太郎来了！"

"是吗？请他到庭院来吧。"那边传来这样的回应。

新太郎跟着女佣走到庭院，年过半百、面容红润的老板坐在秋草丛生的檐廊边。

"你还真会找呢！这一带的地址很乱，就算问了路也不好找！快上来吧！"

"好。"新太郎在檐廊落座。

"我是今年春天回来的，四处打听您的去处，却迟迟没下文，真是好久不见。"

"现在住哪儿？"

"住在小岩，开货车送货，工作忙到实在分身乏术。"

"忙是好事啊！来得正好，留下来吃顿晚饭，我们好好聊聊！"

"上田先生如何？"新太郎边脱鞋，边问大厨上田的事。

"上田的老家在岐阜，我也不清楚他的情况，不过那边八成也被下令疏散了吧！多亏有疏散，我们才能在此定居，没遇上火灾啊！"

1　中形是指日本服饰上的一种染色图案，常见于浴衣上。

2　半幅带是一种和服衣带，又称为半巾带。

老板唤来老板娘，交代她："晚一点用餐，先帮我们准备啤酒。"

"好，这就去准备。"

新太郎的口袋里塞了两包美国的香烟，原打算送给老板，但只见老板从和服袖口掏出一模一样的纸盒，取出一根的同时，将盒子递给新太郎。正要拿出礼物的新太郎，探进口袋的手顿时停在了那里。

"来一根吧！可别老是抽配给的烟草，那种东西和美国货没法比啊！看烟草便晓得我们打了败仗。"

老板娘将茶几端至客厅。

"小新，来这儿坐吧！没什么好招待的。"

茶几上摆着小黄瓜、风干鲑鱼片，还有两个杯子，老板娘拿起一瓶啤酒，说道：

"因为用的是井水，恐怕没那么冰。"

"老板先请。"新太郎待主人一口饮尽后，才拿起杯子。

啤酒只有两瓶，之后又换上日本酒，新太郎只喝了两三杯。两人聊着停战后新太郎从国外归来的事，女佣端出饭盆。老板娘看了一眼摆在茶几上的菜肴，盐烤竹荚鱼、撒了些日本姜的蛋汤、炖煮茄子与腌渍冬瓜印笼。食器皆已摆妥，配的是白米饭。

聊着食物的黑市行情、战后限制存取款的封锁政策，两人在天南地北的畅谈中吃完了晚饭。庭院已没入黑暗，天空星辰耀眼，还听得到松风声，不时有飞向灯光结果一头撞上拉门的虫子。隔壁人家正在烧洗澡水，树篱缝隙间可以窥见闪烁的火光。新太郎瞅了一眼表，说：

"突然登门造访，多谢款待。"

"下次再聊。"

"多谢老板的款待。若有任何需要帮忙之处，还请捎封明信片给我。"新太郎行了好几次礼后，踱步出了小门。外头和庭院里一样昏暗，新太郎循着从民宅窗户流泻出来的灯光前行，感觉比来时快了不少，不一会儿便行至京成电车的轨道。不知为何，新太郎对于被先前的老板招待一事，并未打从心底觉得高兴，应该说有点出乎意料，还有点失望，有点无趣。新太郎也不明白自己为何会有这样的心情。

手摸到了放在口袋里忘了拿出来的香烟。新太郎赶紧掏出纸包，抽出一根，用打火机点着，心里想着财产被冻结的老板还能过着每晚畅饮啤酒与日本酒的生活，足见他们过得并不窘困，起码不像报章杂志的评论报道中所言的那么凄惨。看来中产阶级尚未被完全逼至绝境，社会结构也未遭到破坏。一想到以往轻松过活的人们依旧不愁吃穿，还是过得轻松自在，新太郎便觉得自己现在的生活实在没什么好得意的，结果，自己这般莫名其妙的不满心情便越发强烈了起来。

出了国道，张望四周，瞥见来时见过的药房招牌。新太郎突然很想喝一杯，在八幡车站前打量那些小摊贩，可惜没有卖酒的店。有家喫茶店似的店面灯火通明，玻璃窗里陈列着标上价格的羊羹与其他和果子，往来行人看到价格不菲的甜点，莫不一脸诧异，甚至有人不屑地丢下一句"开玩笑啊"便快步离去。新太郎走进店里，一屁股坐在椅子上，看向贴在墙上的菜单中最昂贵的商品。

"给我一包苹果吧！要最好的。还有，羊羹甜吗？嗯，甜的话给我包个两三块，我要分给附近邻居家的孩子。"

昭和二十一年（1946 年）十一月

荷风重要年表及本书文章写作年代

　　永井荷风（ながいかふう，1879—1959），小说家，本名壮吉，号金阜山人、断肠亭主人。生于东京小石川，父亲为藩士出身，任政府官僚，因此荷风拥有深厚的汉学修养，又受母亲影响，熟习歌舞伎及日本传统音乐。荷风二十多岁赴欧美，吸收欧美新知，归国后任庆应大学教授，任职期间编辑杂志《三田文学》。其后辞任，发表许多小说及随笔，晚年获政府颁发的文化勋章。他喜爱在东京散步，钟情江户时代文化，留下许多描绘城市景致的散步随笔。代表作有《濹东绮谭》《美利坚物语》《法兰西物语》《日和下驮》等。另有作品《断肠亭日乘》，是他四十多年来的日记。

年份	年龄	事件
1879 年（明治十二年）		出生于东京市小石川区
1897 年（明治三十年）	18 岁	随父亲至上海，回国后发表《上海纪行》
1903 年（明治三十六年）	24 岁	在父亲安排下赴美国
1907 年（明治四十年）	28 岁	转至法国工作
1908 年（明治四十一年）	29 岁	归国，发表《美利坚物语》
1909 年（明治四十二年）	30 岁	发表《法兰西物语》
1910 年（明治四十三年）	31 岁	任教庆应义塾大学文学系，讲授法国文学 杂志《三田文学》创刊 写作随笔《传通院》 写作随笔《夏之町》
1911 年（明治四十四年）	32 岁	写作随笔《银座》
1914 年（大正三年）	35 岁	与艺伎八重次结婚，来年离婚
1915 年（大正四年）	36 岁	发表《日和下驮》
1916 年（大正五年）	37 岁	辞去教职
1917 年（大正六年）	38 岁	开始执笔《断肠亭日乘》
1920 年（大正九年）	41 岁	搬迁至麻布区"偏奇馆"
1923 年（大正十二年）	44 岁	好友井上哑哑去世 9 月 1 日发生关东大地震
1926 年（大正十五年／昭和元年）	47 岁	开始造访银座的咖啡店 Café Tiger
1927 年（昭和二年）	48 岁	写作随笔《帝国剧场的歌剧》

1934 年（昭和九年）	55 岁	写作随笔《深川散步趣》
1936 年（昭和十一年）	57 岁	写作随笔《寺岛之记》
		写作随笔《钟声》
1937 年（昭和十二年）	58 岁	发表小说《墨东绮谭》
1938 年（昭和十三年）	59 岁	《葛饰情话》于浅草歌剧馆公演
1944 年（昭和十九年）	65 岁	收堂弟大岛一雄的次男永光为养子
1945 年（昭和二十年）	66 岁	二战空袭，偏奇馆烧毁
1946 年（昭和二十一年）	67 岁	写作随笔《草红叶》
		写作小说《羊羹》
1952 年（昭和二十七年）	73 岁	获政府颁发的文化勋章
1954 年（昭和二十九年）	75 岁	被推选为日本艺术院会员
1957 年（昭和三十二年）	78 岁	移居最后一个住处，位于千叶县市川市八幡町
1959 年（昭和三十四年）	80 岁	四月三十日因胃溃疡引发吐血，窒息身亡

王文萱 整理

本著作中文简体版译文通过四川一览文化传播广告有限公司代理，经好室书品策划由四块玉文创有限公司授权外语教学与研究出版社有限责任公司出版

图书在版编目（CIP）数据

和日本文豪一起漫游老东京／（日）永井荷风著；杨明绮译. ——北京：外语教学与研究出版社，2019.11
ISBN 978-7-5213-1320-8

Ⅰ.①和… Ⅱ.①永… ②杨… Ⅲ.①散文集－日本－现代②短篇小说－小说集－日本－现代 Ⅳ.①I313.15

中国版本图书馆 CIP 数据核字 (2019) 第 272926 号

出 版 人　徐建忠
项目策划　张　颖
项目编辑　张　舒
责任编辑　郑树敏
责任校对　徐晓雨
装帧设计　陶　雷
出版发行　外语教学与研究出版社
社　　址　北京市西三环北路 19 号（100089）
网　　址　http://www.fltrp.com
印　　刷　北京盛通印刷股份有限公司
开　　本　787×1092　1/32
印　　张　5
版　　次　2020 年 5 月第 1 版　2020 年 5 月第 1 次印刷
书　　号　ISBN 978-7-5213-1320-8
定　　价　42.00 元

购书咨询：（010）88819926　电子邮箱：club@fltrp.com
外研书店：https://waiyants.tmall.com
凡印刷、装订质量问题，请联系我社印制部
联系电话：（010）61207896　电子邮箱：zhijian@fltrp.com
凡侵权、盗版书籍线索，请联系我社法律事务部
举报电话：（010）88817519　电子邮箱：banquan@fltrp.com
物料号：313200001

记载人类文明
沟通世界文化
外研社
www.fltrp.com